*ANNE WEBER*



# VATERLAND

récit

TRADUIT DE L'ALLEMAND
PAR L'AUTEUR

*ÉDITIONS DU SEUIL*
*25, bd Romain-Rolland, Paris XIVe*

Titre original : *Ahnen*

ISBN 978-2-02-121878-7



www.seuil.com

Ça commence par mon mot de passe, qui est *panzerdivision*. Je l'ai pris il y a pas mal d'années, la première fois que j'ai demandé une carte d'accès au rez-de-jardin, réservé aux chercheurs, de la Bibliothèque nationale. Pour y retenir une place et commander des livres, il faut un pseudonyme. Évidemment, j'aurais pu choisir *velours* ou *capucine*. J'avais choisi *panzerdivision*. C'était le petit nom que m'avait donné jadis un Français au charme indéniable, et qui plus est imbattable dans un art tout à fait raffiné bien qu'ayant pas mal baissé dans mon estime depuis : l'ironie. Ce petit nom, que m'avaient valu non seulement mes origines mais aussi certaines qualités qui m'étaient propres et le sont certainement encore, m'avait alors semblé drôle. Dans le cadre des recherches que je m'apprête à faire à l'aide de ce mot de passe, il ne sonne plus si drôle que ça. Il s'agira d'un Allemand qui a passé une quinzaine d'années en Pologne. De mon arrière-grand-père.

Pour le dire tout de suite : mon arrière-grand-père n'a pas envahi la Pologne. La région de Poznań, où il a vécu, avait déjà été rattachée à la Prusse en 1815.

Mais quand même. J'aimerais changer de pseudonyme. C'est impossible. Une fois choisi, un mot de passe dit *alias* vous reste éternellement accolé, m'explique la dame plutôt grincheuse en charge de la distribution des cartes. *Panzer-division.*

Il en va de ce nom comme du passé lui-même, auquel on n'échappe pas, comme chacun sait. Et, en effet : on peut toujours partir dans un pays voisin ou lointain, apprendre à parler et à écrire la langue locale jusqu'à être pris – parfois, du moins – pour un autochtone. On peut toujours s'imaginer qu'on va pouvoir se fondre dans la foule. Mais, où qu'on aille et quel que soit le nombre d'années qu'on passe à l'étranger, tout le monde a déjà lu votre avis de recherche et, tantôt riant tantôt vitupérant, vous lance à la figure : *panzer-division !*

Le mot de passe sera donc conservé. Et, en fin de compte, je ne peux pas exclure non plus que l'occupant allemand n'envahisse à un moment les pages de ce livre.

Je commencerai par donner une sorte de nom ou de mot de passe à celui qui en sera l'objet ou le point de départ, car je ne veux ni écrire toujours « mon arrière-grand-père » – comme si cela avait été son rôle le plus important dans la vie –, ni son vrai nom en entier, Florens Christian Rang, qui est bien long, ni ses seuls prénoms, Florens Christian, comme je l'ai toujours entendu appeler dans ma famille paternelle, qui peut se prévaloir d'une longue relation intime avec cet ancêtre. Ni encore moins « notre héros », ce qui ne me plaît ni au sens narquois ni au sens propre. « FCR » (comme JFK) serait bien concis et pratique mais ferait un peu trop penser à un club de football, à mon goût. Alors : quel pseudonyme choisirais-je si je devais demander pour lui aujourd'hui une carte annuelle à la Bibliothèque nationale ? Beaucoup de mots lui conviendraient : le chercheur (justement), le fou, l'impétueux, l'instable, l'intransigeant. Mais j'aimerais plutôt lui trouver un nom. Je choisis, en pensant au bécasseau que j'ai souvent vu courir au bord de l'eau, avançant et reculant au gré du ressac : Sanderling.

La première chose qui m'a fait chérir cet homme, quand il a commencé à accaparer mon esprit, est le titre de son principal ouvrage, resté inachevé, dont il ne subsiste que des fragments. Le livre devait s'intituler *Règlement de comptes avec Dieu*. Il devait contenir une histoire complète et une critique du christianisme ainsi que l'esquisse d'une religion à venir, et il devait être illustré, ou plutôt étayé, par le récit du cheminement spirituel de son auteur.

*Règlement de comptes avec Dieu* : Sanderling était sérieux en choisissant ce titre, comme d'ailleurs sans doute en toute circonstance de sa vie. Et moi ? Je réfléchis. Oui, je suis sérieuse, je le suis même de plus en plus, seulement le sérieux paraît avoir changé de nature depuis l'époque de Sanderling. *Règlement de comptes avec Dieu* : il suffisait de le déplacer dans le futur pour que le titre perde de son sérieux. Sans aucune intervention de ma part, rien que par ce saut dans le temps, il s'est transformé en titre comique, me semble-t-il. Le sérieux, tel qu'il était répandu du temps de Sanderling, a disparu du monde, en tout cas de notre entourage immédiat et familier. Ou en reste-t-il encore quelque chose ?

Dans son sérieux originel, ce titre témoigne d'une mégalomanie à couper le souffle. Je vois un petit homme – je l'imagine petit, non pas pour son époque, mais pour la nôtre –, or, bien sûr, vingt ou trente centimètres supplémentaires n'auraient rien changé au fait qu'il était de taille minuscule eu égard à Celui avec qui il voulait régler ses comptes. Je le vois donc, un petit homme seul à la ronde, qui tend les poings vers le ciel en hurlant *Chien ! Crapule !*, je le vois – puisqu'il l'a raconté lui-même – arracher son chapeau et le jeter à terre et le piétiner en lançant des cris vers les vastes forêts : *Chien ! Crapule !* Celui qu'il vise, c'est *Dieu, le persécuteur, le « Père » qui depuis le ciel m'a infligé cela.* J'entends ces mots qui à quelques mètres de hauteur déjà sont avalés – pas même raillés – par la surdité effrayante des espaces infinis.

Il croyait donc que quelqu'un, là-haut, s'occupait spécialement de son cas, il n'avait pas encore le sentiment de disparaître dans une masse confuse. Qui *m*'a infligé cela ! Tel Job, il se sentait traité avec une grande injustice, mais à quoi pouvait bien ressembler le malheur dans lequel, innocent, il avait été précipité ? Tel Job, avait-il perdu sa femme, ses dix enfants et tous ses biens ? Tel Job, avait-il été dévoré de la tête aux pieds par des tumeurs malignes ? Que lui avait-on donc fait subir ? Il n'est pas sûr qu'un siècle plus tard nous puissions trouver une réponse à ces questions. Mais nous pouvons essayer.

*Règlement de comptes avec Dieu* : il semblerait que nous ayons affaire à quelqu'un qui ne se laissait pas intimider. Ou bien : à quelqu'un qui aurait trop lu Nietzsche ? Peut-être les deux ? J'aimerais explorer le sérieux et la mégalomanie avec lesquels ces mots ont été notés et soulignés deux fois, il y a une centaine d'années.

Au lieu d'être affligé comme son arrière-petite-fille d'un nom fort commun dans son pays, ce mégalomane porte un nom qui est presque déjà un état d'esprit et une distinction : Rang. Le rang désigne volontiers une place qu'une personne occupe dans la société ; il suppose une hiérarchie. Il me semble qu'un Rang ne doit pas se sentir pareil à un Fischer, un Weber ou un Dupont. Viendrait-il à l'esprit d'un Rang que c'est peut-être du dernier rang qu'il est question ? Mais ces réflexions ne traduisent sans doute rien d'autre que mon propre parti pris. Un monsieur Gros ne se sent peut-être pas très différent d'un monsieur Petit.

Mais qu'en est-il de Magnus ? Dans la famille Rang, on lègue de génération en génération, et toujours au fils aîné, des portraits d'ancêtres peints à l'huile, dont l'un représente un certain Magnus Rang. Ce Magnus a quelque ressemblance avec Louis XIV, ce qui tient sans doute aussi au double menton et à la longue perruque poudrée dont les boucles blanches lui entourent la tête à la manière de gros bigoudis. J'imagine qu'un Magnus doit se sentir différent d'un Dieter ou d'un Michel, et en cela je crois que j'ai raison.

Le Rang dont il va s'agir ici avait reçu pour nom de baptême Christian. Plus tard, quand il en aura assez du christianisme tel que l'incarnaient les Églises de son temps, il se donnera un deuxième prénom qui, de notre point de vue provisoirement moderne, paraît plutôt grandiloquent et le paraissait peut-être déjà à son époque, et qui en tout cas ne sera pas de nature à rabaisser celui qui le porte à un rang inférieur : Florens. Le florissant. Le christianisme lui sembla soudain fané, sans sève. Il le rejeta et s'épanouit. Florens Christian Rang.

Le chemin est long de Florens à *panzerdivision*. C'est le chemin, pavé de mots, sur lequel ce livre avancera et reculera, quand il ne sera pas en train de prendre des chemins de traverse. Et voilà qu'un détour se présente déjà : le premier arrêt sera le mot « boche » (ou « Bosch »).

Tu devrais absolument demander une bourse à la Fondation Bosch, me dit quelqu'un à qui je raconte mon idée de suivre Sanderling en Pologne. Je ne suis pas très étonnée d'apprendre qu'il existe une bourse qui a pour ainsi dire été conçue pour moi, puisqu'il existe en Allemagne une subvention faite sur mesure pour n'importe quel projet imaginable. Pourquoi pas, me dis-je, puisque cette bourse est faite pour toi ? Et tout de suite après : As-tu vraiment besoin de cet argent ? Ne peux-tu pas faire un voyage en Pologne sans qu'il te soit payé ? À la fin, il faudra faire imprimer dans ton livre des remerciements à la Fondation Robert-Bosch, donc de la publicité pour l'entreprise Bosch. Un fier renoncement à une telle aide m'honorerait, me semble-t-il. Et, tandis que j'hésite encore entre l'honneur et l'argent, je me rends compte que j'ai déjà commencé mon voyage, et que je me trouve tout à coup à mi-chemin entre Florens et *panzerdivision*, entre Sanderling et moi.

« Bosch » est un homonyme de « boche », une des injures les plus fréquemment utilisées en France pour désigner les

Allemands. De nos jours, elle est souvent employée comme entre guillemets, et dans ce cas, plutôt rare, l'ironie sert à atténuer la méchanceté. Comme le mot se prononce de la même manière que le nom de l'entreprise, j'ai supposé pendant de longues années qu'il en dérivait. Un jour, quelqu'un m'a fait remarquer mon erreur, j'ai vérifié, et en effet : la coïncidence phonétique ne semble être qu'un drôle de hasard. D'où vient donc cette injure ? Apparemment, du mot « alboche », qui serait une contraction d'« allemand » et de « caboche » et signifierait quelque chose comme « tête de mule germanique ». Une sorte de gentil pléonasme, donc. Plus gentil, en tout cas, que le mot « boche » quand on vous le jette à votre propre tête de mule. Moins gentil toutefois que le mot « rigolboche », qui existe également en français, et qui désigne un loustic, autrement dit : le contraire d'un Allemand. J'ai tiré l'étymologie du mot « boche » du *Trésor de la langue française*, et je ferai de mon mieux pour y croire. Était-il pourtant complètement aberrant d'avoir lié pendant des années l'entreprise Bosch au mot « boche » ?

Les premiers renseignements que j'obtiens sur Bosch sont assez divergents et annoncent peut-être pour ce livre d'autres contradictions à venir. Certains voient dans le fondateur de la firme, Robert Bosch, un magnifique sauveteur de vies humaines et même quelqu'un d'engagé dans une forme de résistance politique. Le bien commun, surtout la bonne santé de ses contemporains, lui tenait à cœur ; il fit construire, entre autres, un hôpital à Stuttgart. Mais, par ailleurs, Hitler ordonna des obsèques nationales à sa mort. Et surtout : plus de la moitié des ouvriers de l'entreprise

Dreilinden Maschinenbau, une filiale du groupe Bosch qui fournissait essentiellement l'armée de l'air allemande, étaient des travailleurs forcés, des prisonniers de guerre et des ressortissants de camps qui avaient été emmenés au camp de concentration externe de Kleinmachnow, c'est-à-dire dans le quartier de Dreilinden où se trouvait le siège de la filiale Bosch. D'un côté, de l'autre côté ? Ce qui paraît incontesté, c'est que la direction de l'entreprise ne se composait pas de nazis enthousiastes mais que l'on s'arrangeait avec le régime pour éviter une expropriation. Et que la guerre que ce régime avait commencée était une excellente source de bénéfices.

Donc : prendre de l'argent de Bosch ?

Je décide de faire la demande, ne serait-ce que parce qu'elle me met immédiatement sur le chemin du livre. Si l'on m'attribue cette bourse, je pourrai toujours la rejeter d'un geste théâtral et démonstratif, me dis-je pour me justifier provisoirement : Moi, prendre de l'argent venant de vous ? Jamais ! Si ma demande est rejetée, j'évite tout dilemme moral. Attendons de voir.

La station « Bosch » ou « boche » ne se trouve pas très loin d'une autre où je m'arrêterai avant de me tourner vers Sanderling. Ce mot qui s'impose à moi, il ne l'a peut-être jamais entendu. Il ne lui évoquait rien. À son époque, il n'avait aucune signification particulière. C'est un mot que j'ai déjà entendu et lu des centaines, non, des milliers de fois, mais que je n'ai presque jamais prononcé. Et je ne le prononcerai pas non plus aujourd'hui. Je l'écrirai. Ce n'est pas le seul mot qui crée un vide autour de lui, ce n'est pas le seul, loin de là, qui a du mal à passer mes lèvres. Mais là, quand je dis qu'il ne veut pas passer mes lèvres, ce n'est pas une façon de parler mais une injonction : le mot ne veut pas être prononcé par moi. Je ne sais pas s'il veut être prononcé par qui que ce soit, d'ailleurs, et, si oui, comment, et par qui. C'est le nom d'un lieu en Pologne ; tout le monde aura compris lequel.

Il y a quelque temps, j'ai entendu à la radio française une émission au cours de laquelle ce mot a été prononcé. Non que cela soit rare, au contraire, je le répète : c'est un mot qu'on entend très fréquemment. J'en conclus que d'autres ne ressentent pas le même malaise que moi. Dans l'émission en question, c'était l'animatrice qui l'avait dit en passant. Comme tous les Français, elle avait prononcé le « Au » comme un « O ». Et, comme je l'ai également entendu parfois, et non sans surprise, dans des bouches françaises, elle avait repoussé le « sch » à la fin. Si bien que le mot qu'elle prononçait pourrait se transcrire ainsi : Osvitch. D'ailleurs, si je me souviens bien, il n'était pas du tout question, dans cette émission, de ce à quoi ce mot est désormais lié, mais de poésie, et le mot n'apparaissait qu'en tant qu'élément de la question, devenue une formule toute faite : « Peut-on encore écrire de la poésie après Auschwitz ? » Mais il est possible que ma mémoire me trompe.

Elle ne me trompe pas en ce qui concerne la suite de l'émission. Il y a des mois qu'elle a été diffusée, et je n'ai cessé depuis d'y réfléchir. Parmi les invités, il y avait une Juive française. C'est elle qui a parlé en premier, une fois que le mot était dit. D'une voix dont l'agressivité m'a frappée, elle a demandé à l'animatrice – mais sa voix en faisait moins une demande qu'une remontrance, et même un ordre – de ne plus jamais prononcer ce mot comme elle venait de le faire, puis, excédée, elle l'a prononcé comme il est d'usage de le faire en France. La prononciation qu'elle avait blâmée et qualifiée de fausse semblait traduire à ses yeux une négligence illicite et un manque de déférence à l'égard du nom et de ce qu'il représente. Cela, elle ne l'a pas dit, mais on pouvait l'entendre dans l'inflexion de sa voix, qui indiquait un agacement extrême, une hostilité. L'animatrice s'est excusée, puis elle a repris son discours avec une impassibilité réelle ou apparente.

Tandis que j'essaie maintenant d'aller au fond de ce qui me traversait l'esprit à ce moment-là, je sens, d'une part, à quel point je dois être prudente dans le choix de mes mots, et je suis consciente, d'autre part, et l'étais déjà à l'époque, de ma perception ambiguë de cet incident. Il me semble que dans cette minuscule scène, qui n'a pas duré plus de quelques secondes, se reflètent toute la difficulté et la complexité de la relation entre Juifs et non-Juifs depuis – cela.

Je pouvais comprendre que la femme prenne un ton plus que sec ; il était évident qu'elle ne supportait pas une prononciation qu'elle ressentait comme fausse et négligente. En même temps, quelque chose en moi se révoltait contre ce blâme. Bien que je ne prononce pour ainsi dire jamais le mot en question, il me semblait que la réprimande m'était adressée personnellement. J'avais le vague sentiment qu'en tant que non-Juive, et *a fortiori* en tant qu'Allemande, je ne *pouvais* pas prononcer ce mot correctement, même en faisant tous les efforts du monde. Est-ce une des raisons pour lesquelles j'évite de le prononcer ?

Plus tard, je réfléchis à ce que les termes « faux » ou « juste » peuvent bien signifier, s'agissant de prononciation. Ce qui paraissait juste à la Juive française dans l'émission de radio était, comme elle devait le savoir mieux que personne, la prononciation française de la forme allemande d'un nom de lieu polonais : Oświęcim. Considéré aussi froidement, l'agacement provoqué par une prononciation perçue comme impropre et intolérable ne paraît pas justifié. Or sa réaction était bien sûr inspirée non par la froide raison, mais par des sentiments divers et flous que le mot en question et tout ce qu'il enferme suffisent largement à justifier. C'est une réaction à laquelle nous, les non-Juifs et en premier lieu les non-Juifs allemands, devons toujours nous attendre, et à laquelle nous n'avons rien à opposer. Il nous est interdit d'y répondre à notre tour par des sentiments ; il nous est interdit encore davantage d'y répondre de manière neutre et détachée. Mon intention n'est pourtant pas de me lamenter ni encore moins de nous présenter comme des personnes à plaindre, mais juste de m'approcher au moins une fois dans ma vie de cette plaie à vif que j'ai toujours cherché à ignorer jusqu'ici.

Quelle serait donc la prononciation « juste » du mot ? S'il en existe une, c'est probablement la prononciation polonaise, sans accent, si possible. En dehors des Polonais eux-mêmes, il doit y avoir assez peu de monde pour avoir une idée de ce que cela devrait donner. Je découvre qu'on n'a pas besoin de connaître un Polonais à qui poser la question, mais qu'on peut facilement trouver la réponse sur Internet. Il suffit d'entrer le mot ainsi que le terme « prononciation », par exemple. Sur mon écran apparaît une grande fenêtre noire. Peut-être la même fenêtre noire, comme s'ouvrant sur une nuit sans lune, serait-elle apparue si j'avais voulu connaître la prononciation des mots *krzesło* (chaise) ou *dziękuję* (merci). Je n'ai pas essayé. Je sais juste à quoi ressemblent d'ordinaire les fenêtres qui s'ouvrent dans le monde digital : elles sont encombrées, il n'y a pas un seul endroit qui reste vierge, sans images ni inscriptions, et la plupart du temps ces images et parfois ces inscriptions sont en mouvement. Or la fenêtre dont je parle est immobile et d'un noir uniforme. Au centre se trouve une fine bande grise portant, à gauche, une flèche, et, à droite, les chiffres *0:01* et un symbole de haut-parleur. Je clique sur la flèche et entends une voix d'homme prononcer le mot en polonais. Ce n'est pas une voix d'automate monocorde, comme je m'y attendais, mais une voix d'homme chaude et grave. J'écoute le mot encore et encore, d'abord doucement, puis un peu plus fort. Ce que j'entends pourrait se transcrire phonétiquement à peu près comme ceci : Ochevienneṭchim.

Pourquoi donc ce long passage à propos de ce mot et de sa prononciation au début d'un livre censé évoquer mon arrière-grand-père mort en 1924 ?

J'imagine le temps qui nous sépare comme un chemin. Nous sommes deux marcheurs qui empruntent différents tronçons de la même route sans jamais se rencontrer. La partie du trajet qui s'étire entre sa mort et ma naissance, et qu'aucun de nous ne foulera jamais, est à la fois ce qui nous lie et nous sépare. Si, munie de quelques connaissances touchant les circonstances de cette vie particulière et plus généralement de son époque et de quelques-uns des mouvements de pensée et des positionnements que l'on pouvait y rencontrer, je m'apprête maintenant à parcourir ce long chemin qui mène vers mon ancêtre, je ne peux pas sauter, me semble-t-il, ce chaînon séparateur, et faire comme si je n'étais pas l'arrière-petite-fille mais la fille de cet homme.

À la recherche d'un accès possible à cette vie étrangère, je décide donc de me concentrer sur le tournant du siècle et les années que Sanderling a passées à l'Est, à Poznań, qui était alors une ville prussienne et s'appelait Posen, puis dans deux villages environnants. Car s'il y avait un mot qui puisse résumer cette chose qui nous lie et nous sépare, ne serait-ce pas celui dont il a été question plus haut et que je mets tant d'obstination à éviter ? Ou cet autre mot, qui lui est associé : Pologne ? Si je croisais Sanderling aujourd'hui, dans un royaume des morts invoqué par moi ou par un autre, et il me demandait ce qui s'est passé dans le monde qui était le sien depuis qu'il l'a quitté – n'aurais-je pas à prononcer d'abord le mot tant redouté ?

Toutes ces circonstances vont probablement de soi et n'auraient pas besoin d'être spécialement mentionnées. Mais, comme tout ce qui va de soi, elles se volatiliseraient si elles n'étaient pas de temps en temps pensées et profondément ressenties par quelqu'un, et ainsi soustraites à l'évidence.

Comme être vivant et même comme souvenir, Sanderling a disparu des mémoires actuelles. Les dernières personnes qui l'ont encore connu sont mortes dans les années soixante-dix du siècle passé, et je n'ai jamais parlé à aucune d'entre elles. Pourtant, il reste infiniment plus de choses de lui que de la plupart des disparus. Il y a un nombre considérable de documents qui sont gardés dans des conditions optimales de conservation dans des archives ; il y a des correspondances, des écrits publiés et d'autres non publiés ; il y a des descriptions de l'homme, y compris chez Walter Benjamin et Hofmannsthal. Il y a des photographies. Il y a les lieux où il a vécu.

L'essentiel m'en est encore inconnu aujourd'hui. Mon chemin vers le passé conduira à travers cette multitude de papiers, de lieux et de rencontres. Ce sera le trajet de ce livre. Il passera non seulement par des êtres et des événements, par des mouvements du cœur et de l'esprit, mais par la broussaille du temps. Ce sera le récit d'un voyage d'exploration.

Un secret entoure la personne de Sanderling ; quelque chose qui semble s'être révélé d'emblée à tous ceux qui l'ont croisé, mais qui, avec sa mort, est peut-être enclos à jamais dans le passé. Quelque chose d'encore plus difficile à saisir pour ceux qui ne l'ont jamais rencontré. La parole écrite, pour laquelle il avait un si grand respect, deviendrait-elle lettre morte quand elle essaie de le saisir ? Cette lettre morte peut-elle être ressuscitée ?

Essayons avec une petite phrase toute simple, disons : C'est un petit garçon sage. Mais non. Déjà, formulé ainsi, c'est faux. Un enfant est sage par peur d'une punition ou tout bonnement parce qu'il ne ressent aucune envie d'enfreindre les interdits. Ni l'un ni l'autre ne sont vrais de Sanderling enfant. À l'en croire, ce qu'il craint en enfreignant les règles – et il en enfreint fréquemment –, ce n'est pas la douleur des coups mais d'être *dévoilé comme un être qui a décelé le caractère sacré de l'interdit et qui, néanmoins, l'a enfreint.* Les parents sont des êtres supérieurs dont la volonté doit être faite. Chez le petit garçon, l'homme pourvu d'une aura et inspirant le respect, tel qu'il sera décrit plus tard, est déjà en germe. Lui-même appelle cela : être *autoritaire-passif.* L'autorité est déjà vivante en lui, mais ne sait se montrer que sous sa forme passive, c'est-à-dire à travers son pendant, l'obéissance : *j'étais soumis à mes parents à un point extrême.*

Y a-t-il dans cette soumission quelque chose de l'obéissance « aveugle » à laquelle nous avons l'habitude d'imputer les pires crimes ? En disant « nous », je veux parler de nous autres qui n'aurions jamais songé à nous révolter contre Dieu. Nous pour qui Dieu est une institution ou un personnage aussi révolu que le dernier empereur. Nous qui n'avons jamais connu aucune autorité.

Qu'en est-il donc de l'obéissance de ce garçon ?

De l'abondance de récits, d'écrits et de témoignages à l'aide desquels j'essaie de m'approcher de cette vie perdue dans le passé jaillissent parfois un mot, une phrase ou un détail qui ont – ou bien auxquels je donne – une importance particulière. Par exemple : le père de Sanderling le fit baptiser selon le rite catholique, mais il l'éleva dans la religion protestante parce qu'il désapprouvait le dogme de l'infaillibilité pontificale tel qu'il avait été proclamé lors du premier concile du Vatican. Voici donc un homme qui ne reconnaissait qu'un seul être infaillible : Dieu lui-même. Il refusait de faire croire à son fils que l'infaillibilité, ne serait-ce que dans les domaines restreints de la religion et de la morale, pût être une qualité humaine. Et d'ailleurs (c'est moi qui l'ajoute) : que vaut une infaillibilité qui doit d'abord être soumise au vote ? Et que l'on proclame soi-même, une fois que les évêques se sont prononcés ? N'importe qui ne pourrait-il pas y prétendre ?

Dans le refus de mon aïeul de reconnaître l'infaillibilité du pape, et dans son rejet de ce nouveau dogme – quoique ce rejet fût non officiel et qu'il n'y eût pas d'excommunication –, je veux voir une indocilité incompatible avec une obéissance irréfléchie. Il savait que ni le pape comme chef de l'Église ni lui-même comme chef de famille ne pouvaient être infaillibles. S'il n'en demandait pas moins à son petit garçon une obéissance absolue, c'est peut-être simplement parce qu'il se considérait provisoirement comme plus raisonnable et plus expérimenté.

« Indocilité » n'est sûrement pas le mot qui convient. Ce qui semble juste, en tout cas, c'est que cet homme ne gobait pas n'importe quoi, qu'il avait sa tête à lui. Il se méfiait de quelqu'un qui exigeait que ses décisions personnelles fussent considérées comme absolues et impossibles à mettre en doute. Quand je pense à l'avenir (donc pour moi au passé), et j'y pense souvent ces jours-ci, je suis rassurée de pouvoir en écrire autant de l'un de mes aïeux.

Son fils – mon arrière-grand-père – est donc autoritaire dans un sens qui n'est plus d'usage aujourd'hui ; désormais, le mot évoquerait plutôt la dictature militaire. En effet, dans les dictionnaires les plus récents, il est à peu près synonyme de « totalitaire ». Sanderling, lui, est autoritaire à une époque où il y avait encore un être humain à l'intérieur de l'armure. Il l'est d'abord passivement, puis, avec ses propres enfants et subordonnés, peut-être aussi avec sa femme, activement.

L'avenir se profile en lui sous forme de contrastes : ordre et anarchie, lenteur et brusquerie, obéissance et fronde, idéal et réalité.

*Mon père et ma mère étaient idéalistes, eux aussi, mais très différemment de moi. Des idéalistes optimistes, pour ainsi dire. Ils avaient des idéaux domestiques, moraux, sociaux, qu'ils réalisaient et voulaient voir réaliser. Mon idéalisme à moi était irréalisable et j'étais d'une nature désordonnée. Des rêveries tendues vers un au-delà vague étaient contraires à leur nature.*

Qui est optimiste et veut le rester a intérêt à se trouver des idéaux réalisables. Un idéal réalisable est une contradiction en soi. Les parents de Sanderling avaient une idée très précise de la manière dont une personne devait se comporter.

Pour lui, en revanche, l'idéal est quelque chose de flottant, une forme aérienne et inatteignable par définition. Depuis toujours, l'essentiel à ses yeux se passe en dehors de la sphère du visible, dans un paysage brumeux, traversé de rais de lumière, qui ne ressemble en rien au salon propre et bien rangé de ses parents. Quand la brume se dissipe et que la réalité des choses, des êtres et des situations se précise, l'optimisme est plus difficile à sauvegarder.

« Optimiste », « idéaliste », « autorité », « idéal » : depuis l'époque pas si lointaine de Sanderling, y a-t-il encore certains de ces mots qui tiennent ? Les livres qui évoquent le passé emploient les mots en usage autrefois, et quels autres termes pourraient-ils employer ? Mais on leur a coupé l'herbe sous le pied. Et il n'y a pas que les notions abstraites qui soient parties à la dérive. Est-ce que « rue », « école », « lettre » ne seront pas bientôt hors de vue ? Pourtant nous avançons sur ces sables mouvants, sur nos jambes flageolantes.

La Pologne et la charge pastorale sont encore loin. L'enfant, le jeune homme a reçu *le métier de fonctionnaire en héritage*. Encore un mot méconnaissable : « fonctionnaire ». Y a-t-il toujours des gens qui appartiennent à *une lignée de fonctionnaires* ? Oui, sans doute, à commencer par moi qui représente la première génération de non-fonctionnaires dans la généalogie des Rang. Mais plus personne n'y voit sérieusement un flambeau à reprendre. Et ce, alors que le métier de fonctionnaire était autrefois dans les bonnes familles allemandes ce que le sacerdoce et l'armée étaient pour la noblesse française : un corps où envoyer un fils. Le père de Sanderling et lui-même portaient à la fin de leur carrière, comme Goethe, le titre de *Geheimer Rat*, c'est-à-dire de conseiller secret.

Le siècle dernier a dérobé au fonctionnariat non seulement tout son prestige, mais toute conscience d'une vocation. Il n'en est pas resté grand-chose : un abri de plus en plus miteux pour des tempéraments anxieux qui en attendent une garantie de l'emploi et une bonne retraite. Qu'est-ce qui a fait dégringoler le fonctionnaire de la voûte céleste et, pour finir, de son piédestal ?

Car, si incroyable que cela paraisse, lorsque le jeune Sanderling embrasse cette carrière, il y a encore une dimension religieuse en toute chose, y compris dans l'administration. Voilà un corps de métier qui s'est vidé progressivement de toute substance spirituelle. Sanderling, qui voit l'amorce de cette évolution, y discerne *un problème religieux considérable dans l'histoire du monde* : *le remplacement de la religion par une administration dépourvue de passion*, par une *non-passion non libre et sans élan.*

Dans un livre intitulé *Der verwaltete Mensch* (L'homme administré), H. G. Adler décrit l'administration comme un miroir de la société. *Strictement parlant, l'administration ne dit rien, elle écrit* (une variante du réalisme qui tend à refléter le plus fidèlement possible une réalité ?). L'être humain y apparaît comme un processus, une abstraction. Un chiffre.

Adler explique comment l'administration, qui dépend des trois pouvoirs de l'État, mène son existence de miroir et de comptable avant de devenir elle-même un pouvoir, sous le national-socialisme, et de ne plus seulement *concerner* l'être humain mais le *cerner.*

Or les maîtres de l'administration, et en même temps ses serviteurs, ce sont les fonctionnaires. Une armée de fonctionnaires – non moins obéissante qu'un régiment de soldats – ordonnait, administrait, comptait, poussait des colonnes de chiffres vers l'Est. Classait.

*Aucun État n'a davantage été administré comme une usine que la Prusse depuis la mort de Frédéric-Guillaume Ier.* Adler cite cette phrase de Novalis d'après le dictionnaire de Grimm, où elle est censée illustrer l'étymologie du mot *verwalten* (administrer). On serait tenté de l'interpréter comme une sombre prophétie alors qu'elle n'est sans doute qu'une critique du règne de Frédéric II.

Nous voyons les mots s'éloigner. Aucun ne peut être rattrapé. Aucune phrase ne peut plus être comprise dans le sens qu'on lui avait donné, et *seulement ainsi*. Il faudrait pouvoir oublier – mais nous savons bien ce qu'il en est de l'oubli, et que ce qui est oublié n'a nullement disparu mais est fourré au fond de l'armoire, derrière les draps bien repassés –, il faudrait pouvoir supprimer tout un siècle. Venir au monde cent ans plus tôt. En 1864. Il faudrait être son propre arrière-grand-père. Florens Christian Rang.

De génération en génération, dans cette famille, dans cette « lignée », on devenait haut fonctionnaire ; métier honorable mais convenant mal, déjà à l'époque, aux tempéraments passionnés. Et Sanderling est d'un tempérament passionné, ardent ; il y a pas mal d'incertitudes le concernant, mais cela, oui, nous pouvons l'affirmer. Or c'est un fils déférent et docile, et il ne refuse pas cet héritage mais commence des études de droit, qui doivent l'y préparer. Suivent quelques années qui n'auront pas passé comme l'éclair, au contraire de ce qu'on pourrait croire en me lisant. Ce n'est pas le droit qui le préoccupe. Ce qui le préoccupe – mais comment le saurais-je, comment quelqu'un le saurait-il ? Ce qui le préoccupe, voulais-je écrire, c'est la peau chaude, banalement et merveilleusement douce des femmes. Brusquement, son regard me frappe, et je crois me trouver face à un être vivant. Il m'interdit toute mention de son existence physique. Il m'interdit toute forme d'approche. Il préfère continuer à végéter, incognito, dans l'ombre de Benjamin et de Buber, plutôt que d'être tiré dans la lumière diffuse de mon imagination. Il ne me reconnaît pas comme son arrière-petite-fille. Il n'en a jamais voulu une comme moi. Et je ne peux pas m'empêcher de penser à cet instant à mon acte de naissance, sur lequel est écrit : *La paternité résulte d'une mention marginale.*

Je le regarde droit dans les yeux, qui sont clairs, oui, étonnamment clairs et lumineux : Je suis ta dernière chance, lui dis-je d'une voix ferme. En dehors de moi et d'un thésard italien qui aurait besoin pour pousser plus loin ses recherches d'une bourse qu'on ne lui accordera pas, plus personne ne s'intéresse à toi. Espèce de mention marginale ! Espèce de note en bas de page ! Voilà ce que je lui lance à la figure.

Mais comment poursuivre ?

D'autres écrivent : *Il était sans doute régi par de puissantes pulsions érotiques et agressives* ; ou bien : *Il devint sexuellement actif, vécut au-dessus de ses moyens, et des sentiments de culpabilité l'accablaient régulièrement.* Je persiste : ce qui le préoccupe, c'est la peau chaude, banalement et merveilleusement douce des femmes.

Il lit Schopenhauer et Gerhart Hauptmann, va au théâtre. Certaines œuvres l'exaltent, et c'est l'exaltation, plus que toute autre chose, qu'il cherche, et pour laquelle il montre beaucoup de talent.

Mais les jeunes filles et les femmes provoquent une exaltation particulière. Elles l'arrachent à lui-même. Il ne se reconnaît plus. Le sentiment de sa bassesse et de sa faute l'écrase. Une telle phrase s'écrit facilement et tout le monde croit la comprendre, tout le monde se souvient qu'il était mal autrefois qu'un homme et une femme se réunissent en dehors du lit conjugal. Mais comment faire pour que nous, à qui le temps a depuis longtemps ôté le poids de la faute, nous puissions prendre conscience de ce qu'étaient le sentiment du péché et le malheur qu'il causait ? Est-ce comme si je ressentais le désir irrépressible de faire souffrir, de torturer autrui, comme si je devais obéir à un penchant ignoble tout en me haïssant pour cela ?

Les comparaisons de ce genre ne peuvent jamais être justes, mais peut-être peuvent-elles aider à se catapulter cent ans en arrière – ce qu'il faut tenter tout en sachant que c'est impossible. Je pense qu'il se sent comme un lépreux, comme possédé par un démon contre lequel il est trop faible pour lutter. Et qu'il se méprise pour cela.

En lui habite une bête sauvage. Il sait plus ou moins la dompter, mais il n'arrive pas à s'en défaire.

*Pour réaliser mon dessein, je n'avais pas le courage d'approcher une de ces apparitions belles et fières, et la créature que j'attirais à moi et que, deux fois par semaine, je prenais dans le lit avec moi n'avait qu'un bras. L'autre était un fourreau de bandagiste... Rien ne me retenait auprès d'elle que mon manque de courage, qui ne voulait pas blesser cette bonne fille en la chassant, et mon besoin de ne pas être livré passivement aux images sauvages de mon imagination... Alors je découpai une croix en papier et l'accrochai au mur, au-dessus de mon lit. Quand la petite venait, je l'enlevais ; de même quand il y avait de la visite.*

Peut-être des chercheurs en sciences humaines redécouvriront-ils un jour cet intellectuel. Moi, c'est l'autre personnage qui m'est échu, celui qui est couché auprès d'une manchote. Et j'en suis heureuse, car c'est un être humain qui surgit d'entre ces lignes, et je commence à avoir de l'affection pour lui.

Il n'y a pas de pose dans son récit ; il ne s'épargne pas non plus. Dois-je m'indigner parce qu'il a honte de sa manchote, qu'il a pitié d'elle au lieu de voir en elle une égale, qu'il ne connaît pas la loi pour l'égalité des chances des personnes handicapées ? C'est surtout de lui-même qu'il a honte puisqu'il n'aime pas cette femme mais qu'il l'utilise ; en fermant les yeux, sans doute.

J'imagine que, dans cent ans, un descendant quelconque, ou n'importe quel autre fanfaron, viendra mettre son nez dans mes papiers, qu'il fouillera les écrits que j'aurai laissés à la recherche de quelque chose de choquant et qu'il me comprendra et me jugera selon ses critères et ses certitudes futurs. Formant de mes mains un pavillon autour de ma bouche, je lance à cet imbécile… mais non, je ne lui lance rien, il ne m'entend pas. Il est assis dans sa maison de verre avant-gardiste et s'apprête à me jeter des pierres.

Ce qui me touche, c'est la croix en papier. Il aurait pu accrocher une simple croix en bois au-dessus de son lit, ou bien une croix en fer qu'il aurait pu décrocher tout aussi aisément. La croix en papier montre quelle était la consistance de sa foi et de ses commandements intérieurs, dans ces années-là. Et qu'il s'y agrippait, malgré tout. Ce Dieu mince comme une feuille, léger comme une plume, pesait si lourd dans son cœur qu'il ne pouvait en supporter la vue quand, deux fois par semaine, à heure fixe, la manchote frappait à la porte. Peut-être qu'il pesait même d'autant plus lourd qu'entre ses doigts il était léger et froissé.

La jeune femme ne se déshabillait pas. Elle restait comme elle était, avec son bras de torchons enroulés ; une poupée que l'on pouvait tordre et serrer contre soi. Recevait-elle quelque chose en échange ? Sûrement pas de l'argent. Mais peut-être quand même un peu d'égards ou même de l'affection ? Autrement, pourquoi Sanderling aurait-il craint de la blesser s'il lui avait signifié de ne plus venir ?

Ces rencontres régulières n'ont rien de la légèreté d'une croix de papier et encore moins de celle, frivole et joyeuse, de ce qu'on appelle un rendez-vous galant. Ce sont des tourbillons noirs, des trous obscurs dans la semaine, des mains pressées contre les yeux et, derrière, ce sont des éclairs qui traversent comme des coups de fouet l'écran des paupières.

Il ne peut pas faire autrement. Les images sauvages sont plus fortes que lui.

Pour moi qui n'ai jamais vu mon père ni en pyjama ni en maillot de bain ni encore moins sans, il y a quelque chose de stupéfiant et de tout à fait inconvenant dans ce regard que je jette dans la chambre à coucher de mon arrière-grand-père. Mais n'est-ce pas lui qui me l'a permis, et qui a entrebâillé la porte ?

Plus tard, la bête sauvage sera enfermée dans la cage conjugale. Elle s'y laissera apprivoiser. Mais sa sauvagerie ancienne n'est pas oubliée, elle ne fait que dormir.

Par étapes, il avance vers l'Est. De Cologne, où il est reçu docteur en droit et où il obtient un premier poste à la cour de justice, il part pour Halberstadt, en Saxe. Puis, en 1890, à l'âge de vingt-six ou vingt-sept ans, il se fait muter à Posen, qui aujourd'hui – et à l'époque aussi, pour la majeure partie de la population – s'appelle Poznań.

En cherchant à savoir comment se prononce Poznań, je constate que, là encore, c'est une grande fenêtre noire qui s'ouvre sur l'écran, avec une petite bande grise au milieu, et que, de nouveau, ce n'est pas une voix d'automate qu'on entend, mais une chaude voix masculine. Ce que j'ai perçu en cliquant sur le mot Oświęcim, et en l'entendant prononcer depuis cette même fenêtre noire, n'était-ce donc qu'une projection ? Tous les mots sont-ils traités à égalité par les responsables de la diffusion planétaire de ces exemples de prononciation ?

J'écoute encore une fois les deux noms l'un après l'autre. Les fenêtres sont bien les mêmes, grandes et noires. Mais je persiste : la voix qui dit *Poznań* est celle, vive et vigoureuse, d'un jeune homme. *Oświęcim* est dit par un homme de toute évidence plus âgé, d'une voix basse, presque blanche, douce, retenue. Consciemment ou instinctivement, l'homme qui a prononcé ce mot a dit aussi ce qu'il en savait.

Poznań : l'accent est sur la première syllabe, le « ń » est mouillé. Póznanyeu, voilà à peu près ce que j'entends.

Pourquoi le jeune fonctionnaire est-il attiré vers cette province orientale de l'Empire allemand, qui certes fait partie de la Prusse déjà depuis 1815, mais où la langue allemande n'est parlée que par une minorité qui se compose surtout de ses coreligionnaires protestants ? Il s'est installé à l'Est de son libre choix, lis-je. Mais pour quelles raisons ? Il n'était certainement pas homme à chercher la voie la plus aisée. Mais pourquoi l'Est ?

Dans une lettre au poète Richard Dehmel, son ami de jeunesse, Franz Servaes écrit de Sanderling qu'il a passé plusieurs années dans la région de Poznań en tant que *germanisator in partibus infidelium*, donc en tant que quelqu'un qui serait allé répandre la bonne parole germanique dans des contrées habitées par des mécréants. Par « mécréants », il faut moins entendre non-protestants que des gens qui n'adhèrent pas à la foi en la « germanitude » (*Deutschtum*). Il semble donc – c'est en tout cas ce que suggère cet ami qui le connaît bien – que Sanderling soit allé à Poznań afin de participer activement au renforcement de la germanitude tel qu'il avait été mis en œuvre par Bismarck et par les gouvernements prussiens postérieurs.

Dans un volume paru en 1895 traitant de « la situation sexuelle et morale des protestants dans les campagnes de l'Empire allemand », je lis que les Allemands étaient assez peu nombreux, à cette époque, dans la province de Poznań, qu'ils vivaient les uns sur les autres, dans les villages, parfois à huit dans deux ou trois lits, que la misère était grande, la saleté partout et la vermine très répandue. Je tire par ailleurs de ce livre des phrases comme celles-ci : *On ne peut supposer que le contact permanent et direct avec la population catholique polonaise ait eu un effet pédagogique sur la moralité ; car il n'est un secret pour personne que les Polo-*

*nais à proprement parler ne sont pas des exemples de vertu dans ces domaines.*

Les Polonais à proprement parler. Exemples de vertu. Contact permanent et direct.

Dans un numéro de 1901 du *Posener Tageblatt*, les Polonais sont qualifiés de *peuple arriéré et inférieur. Les Allemands sont les maîtres, dans la Marche orientale, et non, comme la présomption polonaise voudrait nous le faire croire, des hôtes – nous voulons être et nous resterons les maîtres de ce pays !*

J'en apprends plus que je ne voudrais savoir sur les « mesures de germanisation » prises autour du tournant du siècle, sur la proscription progressive de la langue polonaise dans la vie publique et l'enseignement scolaire, d'abord dans les lycées, puis dans les écoles primaires. Enfin, c'est l'enseignement privé du polonais qui est interdit.

Je suis soulagée en me rappelant qu'à la même époque, et jusqu'au milieu du XX^e^ siècle, la République française luttait contre les langues régionales. Dans les écoles bretonnes, il y avait des panneaux où l'on pouvait lire : *Il est interdit de parler breton et de cracher par terre.*

Mais quel rapport avec Sanderling ?

Mille pensées me traversent la tête, plus ou moins nettes et contradictoires, et il me semble que je devrais toutes les donner à lire et à sentir en même temps ; créer une image que l'œil puisse percevoir d'un coup. Or je ne peux faire autrement que de suivre la loi irréversible du livre – du lecteur comme de l'auteur –, qui est celle de la succession. Le livre est porteur de l'image intérieure. L'image intérieure ne peut jamais tout montrer en même temps. Mais, en elle, tout ce qui a été senti et pensé au même instant peut se focaliser. En elle, le brouillamini intérieur atteint son point de fusion.

Depuis que j'ai commencé ce voyage pour rejoindre mon ancêtre dans le passé, j'ai une image devant les yeux : je vois une montagne apparemment infranchissable qui s'élève entre nous deux. C'est un massif imposant, des monts géants faits de cadavres entassés.

Je n'essaie même pas de me dire : Mais il n'a rien à voir avec ces morts, et moi non plus. Sont-ils donc tombés du ciel, ont-ils jailli du sol entre nous, entre nos existences respectives ?

Lors d'un voyage en train en direction de l'Est (pour certains, l'Est commence déjà à Stuttgart), je parle avec mon voisin, qui est un écrivain français, de mes efforts pour approcher mon arrière-grand-père et de l'impossibilité, que je ressens très fortement, de sauter le temps intermédiaire d'un bond, comme en chaussant des bottes de cent ans. Je ne peux pas faire comme s'il n'y avait pas de montagne entre nous mais seulement quelques cailloux sur le chemin.

Il dit : D'accord, mais, tu sais, on est tous au courant. On sait bien qu'il y a eu quelque chose, là, vers les années quarante.

Nous rions.

Mais les monts géants ne s'effondrent pas pour autant. Ils sont là.

Une demi-heure avant que la lame de fond n'apparaisse à l'horizon, mon arrière-grand-père se lève et quitte la plage. Quand je débarque avec mes affaires de bain, les travaux de déblaiement sont terminés depuis une demi-heure. Nous regardons autour de nous : des enfants jouent. Pas un nuage à l'horizon.

Je dis à mon compagnon : Peut-être que la montagne disparaîtrait si je ressuscitais un contemporain de mon arrière-grand-père et lui passais commande de ce livre. Mais tant que ce sera moi qui en serai l'auteur, il y aura quelque chose qui se dressera entre nous deux, et qui nous dominera de toute son effrayante hauteur. Appelle-le comme tu veux, moi, je l'appelle Pologne.

Il dit qu'il commence à prendre conscience de ce que ça signifie que d'être allemand. C'est un fardeau avec lequel on vient au monde, dis-je. C'est là depuis le début et ça ne s'en va pas. Mais on n'étend pas la responsabilité d'un crime à tous les membres de la famille ! dit-il. C'est épouvantable ! Il ne faut pas se laisser faire, il faut se révolter contre ça. Il me défend, il voudrait m'absoudre puisque je suis accusée à tort, à ses yeux. Je lui dis que la question n'est pas de savoir si l'on est soi-même coupable ou non, si un tel sentiment de culpabilité est justifié ou non. Le fardeau est là, qu'on le veuille ou non. Si violemment qu'on le rejette. On le sent déjà, enfant. Et, comme j'ai l'air de vouloir l'apitoyer et que je n'aime pas ça, je dis : Ne t'inquiète pas, je n'en fais pas des insomnies non plus.

C'est peut-être vrai mais ça ne fait que s'ajouter au reste. Je préférerais que ça m'empêche de dormir au moins de temps en temps. Mais je ne le dis pas. Ça lui paraîtrait exagéré et peu crédible.

En toute occasion et pour toute éternité, poursuis-je, chaque Allemand sera toujours lié à *cela*, aux yeux des autres comme à ses propres yeux. À l'étranger, on s'en rend compte plus nettement. Doucement, je lui aboie à l'oreille : *Achtung ! Verboten !* Et : Nouss afons les moyens te fous faire barler.

Oui, ce n'est peut-être pas très drôle, dit mon voisin.

Si, dis-je, c'est assez drôle, mais à la longue…

Peu importe dans quel genre d'assemblée composée de quelles nationalités – je ne le dis pas, mais je le sais d'expérience –, un Allemand représente toujours « ça » quand les autres ne représentent rien. Aucun Russe ne représente le goulag, aucun Français la Révolution française ou la colonisation. Ils ont chacun leur histoire nationale mais s'adossent à elle, comme à un pilier. Nous portons la nôtre comme un panneau sur la poitrine. Le contraire d'un bouclier. Une cible. Nous avons beau nous contorsionner, le panneau reste bien visible.

Mon compagnon se souvient que ses grands-parents frissonnaient chaque fois qu'ils entendaient parler allemand. Mais cette génération a presque disparu maintenant, dit-il.

Pourtant, ses petits-enfants se rappellent encore très bien comme leurs grands-parents frissonnaient chaque fois qu'ils entendaient parler allemand, dis-je.

De retour en France et à la Bibliothèque nationale, j'ouvre d'autres livres et me renseigne sur le Deutsche

Ostmarkenverein, une organisation de propagande nationaliste créée à Poznań, et sur les « hakatistes », ainsi nommés d'après les initiales des fondateurs de cette organisation. Hakatistes : on dirait un claquement de talons militaire. J'apprends que les Polonais vivant en Prusse, qui représentaient environ deux tiers de la population dans ces provinces orientales, étaient désavantagés à différents égards. Mais plutôt avantagés comparés à ceux de leurs compatriotes qui, lors du dernier partage de la Pologne, furent échus aux Autrichiens ou aux Russes.

Bien que ne parlant pas le polonais, ou le parlant mal, beaucoup de professeurs et de pasteurs allemands n'étaient pas pressés d'éradiquer la langue polonaise, car la plupart des Polonais ne connaissaient pas l'allemand et montraient d'autant moins de zèle pour l'apprendre qu'on voulait leur interdire leur langue maternelle. Or comment enseigner, comment prêcher quand on n'est pas compris ?

Sanderling ne parle pas polonais lui non plus. Pas un mot, en arrivant à Posen/Poznań en 1890. Quelques bribes peut-être, bonjour, merci, comment allez-vous ?, au moment de repartir à l'Ouest en 1904 ? Afin d'être compris par les Polonais protestants (il y en avait quelques-uns), écrit-il, il avait demandé à un *jeune vicaire polonais fanatique* de lui apprendre la langue. Mais celui-ci, méfiant, aurait rompu leur accord assez vite.

Sanderling n'atterrit pas tout de suite à la campagne. Les premières années, il habite Poznań, la seule grande ville de la province, qui, au tournant du siècle, comptait cent mille habitants. Les Allemands s'y promenaient-ils en bombant le torse, comme les seigneurs colonisateurs qu'ils étaient ?

Dans un livre de Moritz Jaffé, datant de 1909, sur la ville de Poznań sous le règne prussien, je lis : *En effet, dans l'espace étroit de la ville actuelle, Allemands et Polonais se croisent comme des étrangers. Qu'on fréquente les cercles de la bonne société ou les divertissements publics, qu'on participe à des réunions politiques, aux activités artistiques ou scientifiques ouvertes au public, on trouve partout les deux nationalités bien séparées : même le sport, même les œuvres philanthropiques ne parviennent pas à les réunir. Dans les rues de la ville, les deux langues se mêlent, mais il n'arrive pour ainsi dire jamais qu'un Allemand parle polonais, et il est rare qu'un Polonais parle allemand.* Un tel degré d'aliénation n'était pas encore imaginable au milieu du XIX siècle, écrit-il. Quel degré cette aliénation avait-elle atteint en 1890 ?

Dans l'espoir d'en apprendre un peu plus, j'entreprends de déchiffrer les journaux de Sanderling, dont les scans viennent enfin d'arriver sur mon écran. Au début, je suis comme devant une page de chinois. J'ai quarante-huit ans et je dois apprendre à lire. Pas un mot, pas une syllabe n'est reconnaissable. Pendant des jours et des semaines, je regarde ces lignes nerveusement penchées vers la droite, l'incompréhensible fuite de ces lettres anciennes, leurs longues boucles lancées comme des lassos. Je fixe un mot, puis un deuxième, puis un troisième, sans avancer d'une case. Découragée, je jette l'éponge. Le lendemain, je me remets à scruter la même page. Et puis ? À un moment donné ? Eh oui, il arrive un moment où, à l'endroit même que j'ai fixé en vain si longtemps, apparaît un mot. Lentement, très lentement, j'avance. J'établis un nouvel alphabet, l'alphabet de Sanderling. Sur une feuille blanche, je dessine les lettres telles qu'il les forme (pas toujours de la même manière) à côté des miennes. Je traduis. En essayant de déchiffrer cette écriture étrangère, je suis comme quelqu'un qui, ébloui de soleil, pénétrerait dans une pièce obscure et dont les yeux devraient d'abord s'adapter à cette autre lumière. Une autre lumière : est-ce donc cela, le temps inconnu, lointain ?

J'apprends le « e », j'apprends le « s ». À partir des lettres déchiffrées, j'apprends à deviner les autres. C'est une énigme à résoudre, une constellation à distinguer dans le ciel du passé. Je regarde un dessin dont je sais qu'il représente quelque chose, mais quoi ? Jusqu'au moment où, dans cet épais brouillard, un mot se détache, puis un deuxième qui malheureusement ne vient pas à la suite du premier mais permet tout de même d'avancer en tâtonnant.

Grâce à ce décryptage, l'image du voyage dans le temps devient un processus, une action. Je sens nettement la masse épaisse, compacte, qui me sépare de mon aîné de cent ans. Est-ce qu'on peut déchiffrer ainsi quelqu'un ? Progresser jusqu'à lui à travers l'obscurité ? J'essaie de le lire, de le *comprendre*. Avant de partir pour la Pologne, j'aimerais lui poser certaines questions. Pourquoi s'est-il installé dans cette Pologne prussienne, comment a-t-il vécu au milieu d'Allemands et de Polonais, de catholiques, de Juifs et de protestants ? Quand j'arrive enfin à attraper, de temps en temps, un peu de sens dans ses écrits, je suis surprise de ne pas trouver de réponses à mes questions. Qu'avais-je donc imaginé ? Qu'il aurait prévu comment les choses tourneraient en Pologne et en Europe, et qu'il aurait donc anticipé ce qui tourmenterait un jour son arrière-petite-fille ?

Aux questions actuelles, il n'y a pas de réponses d'alors. Nos aïeux avaient d'autres soucis que de nous renseigner. Dans le Poznań/Posen de Sanderling, il ne semble guère exister de catholiques et il ne paraît pas y avoir de Juifs du tout. À peu de chose près, il y vit comme il a vécu à Halberstadt, en Saxe. Ses journaux ne sont pas écrits à l'intention de quelque descendant curieux. Ils contiennent des réflexions sur l'art, la littérature, la religion et la musique. Des aphorismes, des sentences. Beaucoup de prières. Ses notations sont des réponses à des questions que je ne me pose pas. Où vais-je trouver des réponses à mes questions à moi ? En Pologne ?

Ses journaux m'apprennent tout de même sa liaison avec une jeune Polonaise qu'il rencontre dès sa première année à Poznań. Le prénom et le nom de la jeune femme constituent les premiers mots bien lisibles dans ce carnet. Il les écrit bien distinctement, soit pour souligner le nom de sa bien-aimée, soit parce que les noms polonais ne sont pas commodes à orthographier. Pelagia Kruszczyńska. Il l'appelle Pela. Et elle, comment l'appelle-t-elle ? Elle est très malheureuse et continue à l'aimer tendrement après qu'il l'a quittée. Il se souvient avoir versé des larmes à deux reprises depuis qu'il a atteint l'âge adulte, écrit-il : une fois devant sa mère, et une fois lors de sa séparation d'avec Pela. Pourquoi la quitte-t-il quelques mois après leur rencontre ? Le journal ne le dit pas, tout au plus permet-il de le deviner. Sanderling veut se marier ; il cherche à échapper à la vie qui a été la sienne jusqu'ici et qui se déroule dans le tourment du péché. Mais Pela n'est pas la fiancée qu'il lui faut. Il ne dit pas pourquoi, aussi ne me reste-t-il que des conjectures : parce qu'elle est polonaise ? Parce qu'elle est pauvre, catholique et sans instruction ? Il n'écrit rien de tel, en tout cas rien que je puisse déchiffrer. Au lieu de cela, il avoue que son amour est passé comme un moment d'ivresse, qu'il ne lui reste rien à désirer – tout ce qu'il désirait, il l'a déjà reçu. Peut-être est-ce la seule raison de sa séparation, et toutes les autres interprétations renseignent moins sur cet homme perdu dans le passé que sur moi-même.

Une fois abandonnée, elle semble l'aimer encore plus passionnément. Qu'elle lui conserve son affection et sa tendresse provoque un regain d'amour chez lui. Et, encore deux ans plus tard, le jour de son mariage, la pensée de cet amour le hantera, et la mauvaise conscience assombrira ses noces.

Le fils de Sanderling, mon grand-père, a raconté cet épisode dans une esquisse biographique. Mais qu'est-elle devenue, sous sa plume ? *Une idylle amoureuse avec la belle Polonaise Pelagia au sang chaud mais vivant dans une misère noire. Il la quitta au terme d'âpres et durs combats ; pourtant, il ne fit que se libérer de l'entrave insupportable d'une passion sensuelle.*

Idylle amoureuse. Beauté, sang chaud et misère noire. Qu'a-t-on besoin d'avoir une langue à soi et des expériences personnelles quand on peut accoler d'office à « Polonaise » les qualificatifs les plus attendus et tamponner ainsi la date de péremption sur un amour entre personnes mal assorties.

Peu après, Sanderling s'éprend d'une jeune Allemande du nom d'Agnes, mais qui *en porte déjà un autre dans son cœur*. Puis, en novembre 1892 : Emma, bientôt Emmachen (petite Emma). Le mariage n'est plus loin. Emma devient Mieze (Minou).

*Je vis au-dessus de mes moyens et j'ai des dettes*, écrit-il au moment de ses fiançailles. En quelques années, il passe de patachon à époux, puis à homme d'Église.

Avec une difficulté extrême, je déchiffre un passage datant de l'année 1895 : *Ces jours-ci, il m'est arrivé quelque chose de notable. Je venais de mon bureau, où j'avais travaillé à des affaires sans intérêt, et me mis à table pour le dîner quand Mieze, sans d'ailleurs s'y arrêter, mentionna le nom de Luise* (au lieu de *le nom de Luise*, sa sœur décédée, je lis d'abord « le nom de Luther » et imagine Sanderling en proie à une sorte de délire protestant). *Je demeurai comme médusé. Il me semblait que la salle à manger était emplie de l'esprit de Luise, que son être était présent d'une manière non physique, et qu'elle assistait à notre bonheur familial avec une douce sympathie.*

De nouveau, le temps qui nous sépare veut faire œuvre d'interprète, il m'incite à me moquer de cet aïeul et de ses apparitions. L'esprit de la sœur morte qui contemple le bonheur familial ! Le temps séparateur voudrait me transformer moi aussi en un esprit contemplant cette idylle, moins avec douce sympathie qu'avec dérision. Je me défends contre cette ingérence. Et ressens plutôt une sorte de fascination incrédule pour un monde où l'insaisissable peut surgir dans une salle à manger.

*Quand je revins et que ma femme me demanda si j'avais eu un malaise, je lui parlai en quelques mots de l'apparition, mais j'avais beau lui affirmer que celle-ci avait été bénigne et point du tout effrayante, elle fut en proie à de terribles hurlements convulsifs et secouée d'un affreux frisson, par peur de cette supposée épouvante.*

D'Emma/Mieze, Sanderling parle comme d'une enfant hypersensible, douce et docile. Transplanter un tel être dans des villages polonais de plus en plus perdus, lui faire subir de fréquents changements de lieu et d'entourage – Sanderling deviendra bientôt pasteur à la campagne – n'est certainement pas ce qu'un psychiatre, si l'on en avait consulté un, aurait recommandé. Et, en effet, quelques années après son mariage, Emma sera internée passagèrement dans une maison de santé. Les médecins conseilleront à Sanderling de se faire muter de sa première paroisse, à Wilkowice (Wolfskirch, en allemand), où il sera en charge d'une communauté protestante importante, dans un endroit plus tranquille. C'est ainsi que la famille arrivera à Połajewo.

Dans le livre déjà cité de Moritz Jaffé, je tombe tout à coup sur le nom d'un homme dont je sais non seulement que Sanderling le connaissait bien, mais qu'il l'aimait et l'admirait. À l'en croire, il faisait partie de ces rares *hommes dont l'être ressemble à un filtre restituant, assainies et purifiées, les eaux troubles d'autrui. Ce sont de simples filtres mais dotés d'une telle profondeur, d'un tel abîme de pardon et d'oubli, d'un tel flot de miséricorde, épurant et vivant, que toute la misère et l'impureté humaines qui s'y déposent ne demeurent pas en sa conscience, ne troublent ni ne souillent son propre être mais tombent à une profondeur effrayante, protégée et dérobée par Dieu même.*

Cet homme, Johannes Hesekiel, que Sanderling appelle ailleurs un *saint*, était *Generalsuperintendent* de la province de Poznań, une sorte de doyen de l'Église protestante, donc, et il travaillait pour la Innere Mission, la Mission intérieure, qui était, et est encore aujourd'hui, un mouvement au sein de l'Église réformée. En m'intéressant à ce mouvement, j'apprends que son fondateur, Johann Hinrich Wichern, qui choisit Hesekiel comme collaborateur, créa entre autres à Hambourg le Rauhe Haus, une institution charitable dont le but était de donner un foyer à des enfants de la rue, orphelins ou abandonnés par leurs parents. C'est dans ces cercles, voués à l'*amour salvateur* et voulant prendre soin pareillement de l'âme et du corps des plus démunis, qu'atterrit Sanderling en Pologne.

Et comme je n'écris pas un livre d'histoire mais progresse par intuitions et associations, m'arrêtant parfois sur un mot ou un nom, j'ouvre l'Ancien Testament et je cherche le livre d'Ézéchiel, c'est-à-dire Hesekiel.

Je lis : *La main du Seigneur se posa sur moi, par son esprit il m'emporta et me déposa au milieu d'une vallée ; elle était pleine d'ossements.*

Je lis : *Puis le Seigneur me dit : Fils d'homme, ces ossements, c'est toute la maison d'Israël. Car ils disent : Nos ossements sont desséchés, notre espérance est détruite, nous sommes perdus !*

Je lis : *Je vais faire entrer en vous l'esprit, et vous vivrez. Je vais mettre sur vous des nerfs, vous couvrir de chair, et vous revêtir de peau ; je vous donnerai l'esprit, et vous vivrez. Alors vous saurez que Je suis le Seigneur.*

Je lis : *Ils revinrent à la vie, et ils se dressèrent sur leurs pieds : c'était une armée immense !*

Est-ce l'armée qui m'escorte depuis le début de mon voyage, sur le chemin du temps ? Nous sommes pris dans un enchevêtrement de fils ténus par lesquels tout est relié sans qu'aucun élément soit clairement à l'origine d'un autre.

J'essaie de me procurer l'accès au petit monde de la communauté protestante de Poznań avant 1900 ainsi qu'à celui, encore plus petit, de l'amour du prochain, incarné par un homme bon – pourquoi devrais-je douter de sa bonté ? – nommé Johannes Hesekiel. C'est sous son influence que le jeune fonctionnaire prussien, qui est encore bien loin d'être mon arrière-grand-père, conçoit le désir d'abandonner l'administration et de servir non plus l'État, mais Dieu et ses créatures. Il a déjà une trentaine d'années, il a une femme et un enfant quand il prend la décision de faire des études de théologie pour devenir pasteur. Sa première vraie décision dans la vie en est une qui l'éjecte de toute carrière et de toute forme d'ambition classiques. Ne sont pas bien nombreux ceux qui, une fois sur les rails bien droits, menant de plus en plus haut, du fonctionnariat, déboîtent en cours de chemin pour se vouer de toutes leurs forces à leur prochain – et au plus Lointain.

Bonté, douceur, sollicitude. Pardon. Miséricorde. Voilà le vent qui souffle autour de Hesekiel, et qui pousse Sanderling vers lui et son Église. Certains trouvent Hesekiel bête. Or : *Le critère de l'intelligence ne peut s'appliquer aux saints.*

Sévérité, dureté, inflexibilité. Passion. Obstination. *Rythme et ton d'airain.* Voilà ce que Sanderling finit par trouver à Greifswald, où il commence ses études de théologie. L'homme qui unit en lui toutes ces qualités est le professeur de théologie Hermann Cremer.

On ne saurait être attiré par deux caractères aussi antagonistes que ces deux hommes, me semble-t-il, que si l'on porte en soi quelque chose de leurs qualités contradictoires ; en germe, tout au moins, ou en guise d'aspirations. Ou simplement sous la forme de ce vieux couple polymorphe qui de tout temps se dispute plus ou moins violemment en chacun de nous : dur et doux, silencieux et bruyant, froid et chaud.

Je regarde une photo de Cremer, son nez charnu, les commissures des lèvres lestées par le mépris, puis, à côté, la trogne de Père Noël de Hesekiel, son crâne chauve, son menton et ses joues poilus. On dirait que quelqu'un l'a attrapé par la chevelure puis a fait passer celle-ci de l'autre côté de la tête, au niveau du menton. Hesekiel, l'homme chaleureux et bon, surnage plus facilement. Cremer, lui, a le temps contre lui. Afin de pouvoir apprécier ses qualités à leur juste valeur, il faudrait que j'oublie le siècle qui s'interpose entre nous et que, si possible, je m'oublie avec.

Il y a son rejet du doute. Sa certitude dès lors qu'il s'agit de foi. Jamais ne doivent émerger la moindre question, le moindre désarroi. À aucun moment. Dans les notes de Sanderling, je lis : *À Greifswald, il n'y avait aucun espoir qu'à l'avenir se développe un christianisme plus élevé, car on était dans la certitude. À Greifswald, aucune critique historique ne pouvait prendre pied ; on le savait et on demeurait dans la certitude. On était hostile à toute forme d'exaltation religieuse ; on ne sentait pas, on était dans la certitude.* Tant de certitude concentrée en un seul homme peut être signe de bêtise ou, plus probablement, d'un désarroi profond qu'on cherche à dissimuler par tous les moyens.

Cette certitude s'accompagne d'une rigueur et d'une dureté à peine imaginables cent ans plus tard : *Ma femme et moi eûmes bientôt des liens d'amitié avec ces chrétiens passionnés. Au cours d'une conversation, quelqu'un demanda quelle devait être l'attitude du chrétien face à l'habitude des milieux aisés de l'époque qui recouraient à des nourrices pour élever les enfants. Nous en avions pris une pour notre aîné, mais nous avions la conscience tourmentée. Car les nourrices, qui venaient souvent de la forêt de la Spree, étaient des filles déchues qui exploitaient et vendaient en quelque sorte leur maternité extraconjugale. Le chrétien n'aplanissait-il pas le chemin de la luxure en louant ces filles mères illégitimes afin d'élever ses propres enfants ? Confrontée à un cas de ce genre, je n'y ai pas eu recours, dit la femme du professeur de théologie Cremer. Mais si l'enfant n'avait pas bien supporté le biberon ? demandai-je. Ce serait néanmoins mal agir que de favoriser ainsi le péché juste pour permettre à votre propre chair de prospérer. Mais si c'est une question de vie ou de mort, pour l'enfant ? Même dans ce cas-là, répondit-elle. Et qu'arriva-t-il donc à votre enfant ? lui demandai-je. La réponse fut prononcée presque sans un frémissement de la voix : J'ai laissé mon enfant mourir au Seigneur.*

Le temps s'interpose entre nous, c'est un mur sans fenêtre qui interdit de *se mettre à la place*. Je peux constater : Ah, les gens pensaient et sentaient autrement, jadis. Des chrétiens préféraient laisser mourir leurs enfants plutôt que de les nourrir avec le lait de la débauche. Mais comment voir dans ces êtres du passé autre chose que des fous furieux, aveuglés ? J'ai beau me répéter qu'ils ressentiraient sans aucun doute la même chose s'ils pouvaient m'entrapercevoir depuis leur monde lointain. J'ai beau m'être *initiée* à l'époque, j'ai beau m'être colletée avec le piétisme, le dogmatisme protestant et certaines circonstances historiques censées servir d'explications. Dans une certaine limite, je peux certes *comprendre*, au sens minimal de constater. Mais je ne peux pas comprendre avec empathie. Or n'est-ce pas cette empathie qui doit naître si l'on veut jeter un pont, si l'on veut entendre ce que les hommes du passé ont d'actuel, et même de toujours actuel ?

Sanderling reproduit cette conversation sans la moindre marque de désapprobation. Le côté impitoyable, la dureté de ces *chrétiens passionnés*, y compris vis-à-vis d'eux-mêmes, semblent même lui en avoir imposé. Il ne dit pas s'il a imité la sévérité de Cremer au point de renvoyer la nourrice qui était à son service. Cette pensée me fait frissonner. Et nous voilà de nouveau face à face : Sanderling, petit, sec, encore assez jeune – d'ailleurs, il ne sera jamais bien vieux –, m'éclairant du feu clair de ses yeux. Il se tient très droit et pourtant je le dépasse d'une tête ; dressée de toute ma hauteur, je suis face à lui et j'ai son nez, sa bouche, son front. Lentement, un avion traverse la fenêtre ; nous ne le voyons pas, nous nous dévisageons. Et puis ? Et puis ses commissures se soulèvent imperceptiblement et il me sourit avec mes lèvres. Et je n'aurai pas la conversation que je voulais avoir avec lui, je ne lui demanderai pas ce qui se serait passé si Pela ou la manchote était tombée enceinte, je ne lui rappellerai pas ses années de *luxure*, qu'il appelle ses années de patachon, je ne lui raconterai pas que, sept mois durant, ma mère s'est comprimé le ventre où j'étais roulée en boule et où je ne cessais pas moins de grandir, jusqu'au jour où elle ne put plus cacher ni son ventre ni le contenu de celui-ci à ses parents chez qui elle habitait, et que son père, mon grand-père, ne lui parlait plus, que mon autre grand-père, le fils de Sanderling, donc, me voyait également arriver d'un très mauvais œil, plus exactement d'aucun œil puisqu'il n'a jamais voulu me voir du tout. Je ne le lui raconterai pas car je sais bien – si ce n'est pas écrit sur sa figure, écrivons-le ici - qu'il n'aurai· pas laissé mourir son enfant, et cela me suffit. À cet instant, cela me suffit. Je le regarde, je suis sur le point de faire un pas vers lui ; à ce moment-là, il se dissout. Je le vois encore esquisser un sourire, puis il a disparu.

Les *milieux aisés.* En tant que futur pasteur, il n'en fait pas spécialement partie, mais il a épousé une femme d'une famille fortunée. Dans ces milieux-là, les femmes n'allaitent pas leurs enfants elles-mêmes. L'allaitement est une activité inférieure, animale, pour laquelle on a recours aux services d'une servante – activité moins animale cependant, me semble-t-il, que la procréation, dont on est bien obligé pourtant de s'occuper soi-même. Le pendant du patachon est la femme déchue. Sans femme déchue, pas de patachon. Toute sorte de soutien à ces femmes déchues reviendrait à les excuser ou les absoudre postérieurement, si bien que tout ce qui pourrait leur faciliter la vie doit être évité. Quand on est intransigeant, en tout cas. Et intransigeants, les Cremer le sont. Passionnément intransigeants, même. La punition des pécheresses passe avant la vie de leur propre enfant. On le sacrifie à Dieu, on le laisse *mourir au Seigneur*.

Cette dureté qu'il rencontre, mais dont il sent aussi quelque chose en lui, a un effet ensorcelant sur Sanderling. (Chacune de ces affirmations peut être fausse, cela va de soi et ne sera donc mentionné ici qu'une fois.) Elle l'ensorcelle d'autant plus que tout en lui se fissure et tombe en morceaux. Il a besoin de cette dureté, il la soigne et la cimente jusqu'à ce qu'une caresse lui devienne plus insupportable qu'une gifle. Ce qui se produira plus tard. Il est alors pasteur depuis quelques années déjà. Cette charge, qu'il désirait de toute son âme ardente, et pour laquelle il a tardivement tout recommencé, pèse – en réalité, moins la charge elle-même que son incompatibilité avec les réalités terrestres – sur lui du poids non pas d'une dalle de béton ni de dix stères de bois, mais de Dieu lui-même. Les gens dans les villages polonais ne se préoccupent pas spécialement de leur âme et ils ne demandent à personne d'autre de s'en préoccuper. Ils ont besoin d'autre chose. Jésus est-il le médecin qui redonne la santé à l'homme et aux bêtes, voilà le genre de questions qu'ils posent. Ils ont besoin d'aide matérielle, de pain.

Un vieil homme, Johannes Hesekiel, la bonne âme de Poznań, sent la détresse de Sanderling. Mais celui-ci ne veut à aucun prix qu'on perçoive son désarroi ; et ce dont Hesekiel le gratifie, *le meilleur* de ce qui lui a été réservé dans ces années-là, une caresse, lui semble le pire. *Sans doute une expression de désarroi, de douleur et de fatigue était-elle apparue sur mon visage dont je maîtrise d'habitude le masque avec une discipline de fer. Car le vieux père Hesekiel, qui s'était levé et passait près de ma place, me caressa la joue comme pour me consoler. Pendant des années, je n'ai pu m'en souvenir sans ressentir une brûlante tache de honte.*

Être faible, avoir besoin de consolation, pire, apparaître tel aux yeux d'autrui, lui semble plus humiliant qu'une gifle. Il voudrait être d'acier, intérieurement et extérieurement. J'imagine qu'il voudrait l'être d'autant plus qu'il l'est si peu. Certes, il s'est voué à l'*amour salvateur* tel que la Mission intérieure le promet. Mais en aucun cas il ne veut être lui-même de ceux qui sont en détresse, qui ont besoin d'être sauvés. C'est lui qui aide les autres à se relever, à se hisser à sa hauteur, et non l'inverse. Il y a là une fierté et une dureté extrêmes envers lui-même dont je ne vois pas bien comment elles peuvent se concilier avec la bonté et la clémence envers autrui.

Afin d'en apprendre plus sur la vie de Sanderling, je me plonge dans ses notes autobiographiques qui, avec quantité d'autres écrits de sa main, sont conservées aujourd'hui aux Archives Walter-Benjamin à Berlin. Car si Benjamin n'est pas devenu son légataire, comme l'avait souhaité Sanderling, les deux hommes ont au moins fini par avoir le même : les archives en question.

Un après-midi, je me rends donc dans un immeuble de Berlin-Mitte, Luisenstraße 60, où Karl Marx est censé avoir vécu entre octobre 1838 et mars 1839, et qui ressemble à peu près à l'idée que je me fais d'une administration est-allemande. Dans la salle de lecture, je me penche sur les papiers de Sanderling à côté de chercheurs qui, bien qu'ils n'aient pas de lien de parenté avec lui, ou pour cette raison même, se sentent peut-être plus proches de leur objet d'étude que moi du mien.

Dans la salle des archives, les fragments de livres, les carnets, les journaux, les lettres de Sanderling, tout est soigneusement classé, rangé dans des dossiers et entassé sur des étagères étiquetées. La salle des archives n'a pas de fenêtre. L'accès en est fermé par une lourde porte blindée en acier. L'humidité de l'air et la température sont régulées, je suppose. Pour des raisons que je ne comprends pas très bien, et qui d'ailleurs n'ont d'importance que pour moi, je ne cherche à prendre connaissance de ces papiers que depuis qu'ils ont été mis sous clé ici, alors qu'il y a quelques années encore ils traînaient chez mon père dans des malles et des cartons.

Dans la salle de lecture sont maintenant posés devant moi deux trois de ces dossiers dont j'extrais l'une après l'autre des chemises en papier, aussi précautionneusement que si j'avais en main une bible ancienne, un rouleau de papyrus enfoui pendant des siècles et que l'on viendrait de mettre au jour. N'enterrait-on pas les textes sacrés pour éviter qu'ils ne tombent dans les mains de personnes indignes et mécréantes ? Ce qui, ici, pourrait se traduire par : non-universitaires, ignares, amateurs. Les Archives Walter-Benjamin me semblent être un reliquaire enfoui au fond d'un des sanctuaires intellectuels les plus sacrés, et moi une espionne mal camouflée qui aurait habilement réussi à s'y introduire.

D'abord, je voudrais voir si des étincelles peuvent encore jaillir de ce passé jusqu'à moi, si je trouve quelque part un bout de fil sur lequel je puisse tirer.

La salle de lecture est très silencieuse. En dehors de moi, il n'y a que deux jeunes chercheurs, assis à quelque distance. Lorsque nous levons la tête de nos rouleaux de papyrus, nous regardons vers les fenêtres et donc vers la grisaille de la façade de bureaux d'en face. Nous sommes chacun avec les vivants dans cette salle anonyme et en même temps en compagnie des morts. À une époque différente, étrangère. Nous ne pouvons pas être dans cette époque étrangère comme les gens du passé nous y sommes comme des voyageurs qui se rendraient chez les Esquimaux ou chez les Pygmées, dans un pays exotique en tout cas, sur lequel ils se sont bien renseignés avant de partir mais qui en fin de compte leur restera fermé. Nous avons lu la littérature du pays, nous nous sommes familiarisés avec les modes de pensée et de perception des autochtones. Et pourtant nous ne voyons que des images en deux dimensions, des coiffures et des costumes bizarres, à peine des gestes. Nous n'arrivons pas à nous approcher des hommes. Mais je me dis que, si je vis parmi eux pendant assez longtemps, comme l'ont fait les ethnologues, je parviendrai peut-être à réduire de quelques millimètres la distance qui m'en sépare.

Il y a des changements physiques qui interviennent, m'avait dit mon compagnon de voyage français, dans le train qui nous menait vers l'Est. Les êtres humains d'autrefois n'étaient pas faits de la même manière, ils avaient des cerveaux différents.

Sans doute demeure-t-il toujours un obstacle insurmontable, une montagne ou un fossé. Mais n'y a-t-il pas une différence entre celui qui reste au bord du fossé, haussant les épaules, et tel autre qui, déployant des efforts considérables, inventant des stratégies ingénieuses, essaie de le franchir ? Si l'effort intérieur constitue, comme l'effort physique, un moyen de locomotion, alors la distance doit non pas disparaître, sans doute, mais diminuer. Que faut-il alors penser de ceux – plutôt nombreux – qui ne se rendent même pas compte de l'obstacle ? Qui ne tentent même pas de se transporter en arrière, lorsqu'ils évoquent le passé, mais qui au contraire transplantent – comme si c'était possible – les disparus dans le présent ? Comme si le temps était un tapis roulant conçu à seule fin de déposer tout ce qui a jamais existé à leurs pieds, tandis qu'ils restent confortablement calés au fond de leur fauteuil.

Aux archives, je me penche sur quelques-uns des papiers que Sanderling a laissés. Ayant enfilé les gants en tissu blancs qu'on m'a fournis à cet effet, je saisis d'abord son carnet d'adresses râpé. Avant de glisser entre les pages la petite spatule en bois, à peu près de la taille d'une cuillère à dessert, qui fait elle aussi partie de mon équipement, je regarde ce qui reste de la reliure en cuir de requin ou en galuchat : des perles sombres, ternies ; sur le bord droit du carnet, les languettes rouge pâle des lettres, fines et courbées par l'âge, dont il manque quelques-unes : les dents tombées de l'alphabet. La languette du B ne tient plus que par un petit bout. Et quelle étrange impression quand, entre les noms de *von Bötticher* – Carl Wilhelm, un fonctionnaire prussien – et *Brouwer* – un mathématicien néerlandais –, je tombe sur *Benjamin, W.*, avec l'adresse : *Grunewald, Delbrückstr. 23* ; au-dessus, entre parenthèses, un mot illisible et un chiffre, *1488*, le tout constituant probablement un numéro téléphonique. Ailleurs, tout aussi coincé entre des inconnus, *v. Hofmannsthal, Hugo, Rodaun bei Wien*. Ces noms sont semés là, de façon aussi légère et indifférenciée que chez nous les Durand, les Weber et les Mercier ; anonymes et célébrités, amis et ennemis se retrouvent pêle-mêle sous le toit commun d'une lettre. En maniant prudemment la spatule, je vois se déployer un filet qui va, dans ce début des années vingt, de Berlin à Vienne (*Mayröcker, Frau Dr Hofrat*), à Munich (*Scholem, Gershom, Türckstraße 98*) et à New York (*Oppenheimer, Franz, Maiden Lane, N.Y.*), en passant par les Pays-Bas (*van Eeden*). Dans ce carnet d'adresses, comme sur une photo de groupe prise juste avant un naufrage, ils se retrouvent tous une dernière fois ensemble. Avant d'enlever les gants en tissu et de me tourner vers les fragments autobiographiques de Sanderling, je glisse le monde intact du carnet d'adresses dans le dossier. *Heile Welt*, le monde d'avant, le monde intact : encore une chose qui, comme *Sehnsucht* ou *Heimat*, n'existe et donc ne peut s'exprimer qu'en allemand.

Une bonne partie de l'esquisse autobiographique est tapée à la machine et donc facile à lire. Sanderling y raconte sa vie de pasteur dans la région de Poznań, ses tâches journalières qui lui *recouvrent l'âme de fange*, et qui consistent par exemple à intervenir dans des querelles concernant le budget de l'école ou dans des histoires de parjure, à prendre le café chez la femme de l'instituteur. *Fange* semble synonyme de quotidien, si l'on entend par là les broutilles, les petites tromperies, y compris de soi-même, les mesquineries qui vous engloutissent. S'il avait été un idéaliste à la façon de ses parents, croyant à des idéaux réalisables, quotidiens, il aurait peut-être pu s'épanouir dans son sacerdoce, ou du moins s'en satisfaire. En engageant toutes ses forces, il aurait accompli aussi bien que possible ce qui pouvait l'être. L'irréalisable n'aurait pas pesé sur ses épaules d'un poids inimaginable, absolu, pas plus que sur les épaules de ses enfants.

L'instituteur ne lui inspirant pas confiance, il retire son fils de l'école. C'est une époque terrible, pour lui et pour l'enfant. *J'étais à bout de patience bien trop souvent. Ce n'était pas là le plus grave, pourtant. À chaque fois que j'arrivais ainsi à bout de patience, à chaque blâme, et d'une manière générale dans toute l'atmosphère de l'heure, l'enfant était accablé par la puissance oppressante d'une autorité qui pesait bien plus lourd que l'autorité normale d'un professeur ou d'un père, même d'un père très austère : c'était l'autorité d'un prêtre portant le fardeau de toute l'humanité et de toute divinité, et qui en était lui-même malheureux.*

Il se révolte contre le Dieu qui l'a chargé de ce poids sans lui donner les épaules qui auraient pu le porter. Il en veut aux personnes qui l'entourent, à leur abrutissement, à leur vie éloignée de toute préoccupation spirituelle. Il souffre de sa propre nature effroyablement grave, qui ne le rend apte ni à enseigner (ce qui lui incombe, pourtant, en tant que pasteur) ni à être prêtre de village. Il est *oiseau*, il est *phénix*, il est *être de l'au-delà* : faut-il vraiment *exiger de ce monde temporel qu'il soit quelque chose de ressemblant* ? Car il se voit entouré d'un monde entièrement profane. De cet au-delà flou qui l'illumine parfois de l'intérieur, qu'il désire et devine mais qui se dérobe toujours, il ne trouve aucune trace dans les yeux des autres, dans leurs gestes, dans la ritournelle sans âme de leurs tâches quotidiennes. Et ceux qui en sont le plus dépourvus sont ceux qui lui sont le plus proches par leur fonction, leur niveau social et leur religion, les *chrétiens prussiens normaux*, ses *frères en religion* qui n'ont rien de fraternel. Il est un étranger parmi eux. Personne à qui faire sentir ou du moins comprendre son désarroi, s'il pouvait le formuler. Personne en qui aurait bâillé une déchirure semblable.

Vers la fin de ces années passées à l'Est, il est seul, mais sa solitude ne frappe nul autre que lui. Du matin au soir, il porte son masque de fer. Personne ne le soutient parce que personne ne voit sa détresse. Le seul à en deviner quelque chose, le vieil Hesekiel, n'a que de la pitié à lui offrir. Et le pousse, sans s'en apercevoir, encore plus loin dans la solitude et le désespoir. Comme il n'y a pas d'aide à attendre des vivants, Sanderling cherche le soutien des morts, dont les *voix vivantes* lui parlent. *Je me concertai avec Goethe.* Tous les malheureux ne peuvent pas en dire autant. Or pourquoi un homme qui parle avec Dieu et lui demande des comptes ne se concerterait-il pas aussi avec Goethe ? Il s'entretient avec Nietzsche, également, mais il a l'impression alors de se parler à lui-même. Ni les morts ni les vivants n'allègent sa détresse. Il ne voit pas d'issue. *J'étais comme une pause dans mon propre être.*

C'est à cette époque qu'a lieu une rencontre avec d'autres pasteurs ; aujourd'hui, on parlerait de formation continue pastorale, peut-être. Sanderling partage une chambre avec l'un de ces hommes ; il n'y a pas une seconde où il puisse arracher son masque. Le premier jour, c'est lui qui est désigné pour dire la prière du matin, et il le sent très nettement : *une prière telle que je devais la faire aurait été impossible aux autres.* Mais il n'a pas le choix, la litanie habituelle n'est pas à sa portée. Ou peut-être si, peut-être est-elle encore à sa portée et il s'en empare, il attrape tout ce qu'il peut saisir, même les formules vides qui sont en usage au quotidien, mais il les emplit de toute la violence de son désarroi. Dans sa voix, il y a quelque chose qui le sépare des autres. Ils prient moins avec lui qu'ils ne l'observent en cachette. Car il y a pour eux quelque chose d'inconvenant, de gênant dans sa ferveur.

Il prie trop désespérément et, surtout, il prie trop longtemps. Avec ménagement – c'est Hesekiel qui se charge de cette tâche –, on l'interrompt et lui demande d'en venir à bout. Dix minutes étaient prévues, et il parle déjà depuis plus d'un quart d'heure. Le petit déjeuner attend. Et le programme de la journée. Ce dernier consiste en quelques *excursions instructives*, plus exactement en la visite d'une prison puis d'un asile d'aliénés.

D'après les notes de Sanderling, la première des institutions que l'on visite, ce matin-là, est à la fois un asile de pauvres et un établissement pénitentiaire. Les pauvres y étaient-ils punis de leur pauvreté ? Il paraît plus probable qu'il y ait eu deux établissements distincts sous le même toit. *Le directeur, un officier déchu, se montrait très inquiet que ces pasteurs, à qui il devait faire visiter la maison, puissent chercher à sauver non pas les âmes des prisonniers, mais les prisonniers eux-mêmes, et les aider à s'évader. Il nous fut formellement interdit d'échanger un seul mot avec eux. Telle une bande de prisonniers, on nous faisait passer devant d'autres prisonniers.*

Je me sens toute proche de lui, en le lisant, et me réjouis d'avoir un tel arrière-grand-père. Quelqu'un qui vit dans une solitude intérieure extrême, qui ne compose jamais, dans aucune circonstance de la vie, et qui a les plus hautes exigences envers lui-même ; quelqu'un qui est plus sensible et ressent les choses plus profondément que les autres.

Puis vient la visite de l'asile d'aliénés.

Ce que je lis maintenant m'atteint comme un coup de poing (et non comme une des caresses de Hesekiel). Je reproduirai ici le passage en entier, bien que je ne puisse m'empêcher de penser que, ce faisant, je suis injuste avec son auteur. Toute citation, tout extrait tiré d'un ensemble est injuste ; celui-ci plus qu'un autre, me semble-t-il. Il figurera néanmoins ici, à côté de beaucoup d'autres. Et j'aimerais qu'il soit lu comme tous ceux qui l'ont précédé – un petit fragment qui ne saurait résumer l'être humain qui l'a écrit, ni lui rendre justice.

*On nous faisait visiter le même asile où le pasteur de la paroisse voisine de la mienne avait débité pendant des décennies des sermons sans sel et sans allant, et où j'avais fait entrer Ortlieb et Madame Niewöhner. Les voilà encore, ces enfants idiots, qui se laissaient donner la becquée, qui collaient des boîtes en carton et se souillaient, et des personnes saines donnaient leur force de travail en échange d'argent pour conserver la vie à ces êtres incapables de travailler et de vivre au sens élevé du mot, des êtres dont les proches ne supportaient pas la présence près d'eux et que nous étions tous trop lâches pour éradiquer de la terre ; trop lâches. Je voyais les murs énormes de cette institution, je voyais l'armée de fonctionnaires, le flot d'argent nécessaire à la conservation de tout cela et de ces quelques malades mentaux, je voyais l'abrutissement dans ma paroisse de Połajewo, et la pauvreté, et les élans vagues de ceux qui avaient vraiment une force vitale, et je me dis : pourquoi n'utilisez-vous pas votre or, vos services, votre travail afin d'élever la vie qui peut être élevée, plutôt qu'afin de conserver une vie qui ne peut rien accomplir, et mon regard passa sur nous autres frocs noirs, et je me dis : mais parce que nous, les curaillons, nous en avons peur, et que nous sommes effroyables dans notre peur, nous gémissons pour notre pauvre vie, quand bien même nous la déguisons en vie éternelle, parce qu'il n'y a rien de plus haut, pour nous, que de vivre quand même, et c'est pour cela que nous lions les mains à tout le monde et que nous excluons de tuer. Voilà la raison de tes sermons, Hesekiel, voilà pourquoi vous filez doux, vous, médecins, et je demandai à l'interne auquel je m'étais joint : Pourquoi n'empoisonnez-vous pas ces gens ? L'homme me répondit par un sourire ironique. Son sourire signifiait : pourquoi les chrétiens l'interdisent-ils ? Advint alors une chose merveilleuse, c'est un malade lui-même qui l'exprima, un homme magnifique, une sorte d'Hercule à la Rubens. Nu, il se tenait contre le mur de sa salle ou de sa cellule : Tuez-moi, cria-t-il au médecin, lorsque nous entrâmes. Suivit un flot d'injures et un flot d'accusations d'où il ressortait qu'il souffrait atrocement. Tuez-moi ! mais vous n'en avez pas le courage. On nous tira en arrière, et la porte fut vite refermée. Le jeune et distingué médecin continua de me sourire ironiquement. En mon cœur, je l'applaudis, et j'avais plus d'estime pour lui que pour nous autres curaillons. Mais l'être humain le plus élevé intérieurement que j'eusse vu ce jour-là, c'était cet Hercule fou, et je l'applaudis en mon cœur en me jurant : je ne veux pas être plus petit que toi, je ne veux pas être aussi petit que le dieu des chrétiens.*

Ça commence par mon mot de passe, qui est *panzerdivision*. Telle était la première phrase de ce livre. Je vois maintenant qu'il y a un autre point de départ, antérieur et plus profond. Comment cela a-t-il commencé vraiment ?

Je ne suis plus à Berlin mais derrière une fenêtre, en Normandie. Tout est calme et paisible dehors et autour de moi ; il n'y a pas de vent, ce qui est très rare dans ce village près de la côte, où l'été s'étale devant moi comme une grande feuille blanche. Je pense à un passage d'un livre d'Otto Dov Kulka : je le cherche, je finis par le retrouver : *La couleur est bleue : un ciel d'été clair. Des avions-jouets argentés, qui apportent les salutations de mondes lointains, se meuvent lentement à travers le ciel d'azur tandis qu'autour d'eux explose quelque chose qui ressemble à des bulles blanches. Les avions passent, et le ciel demeure bleu et magnifique, et, quelque part, très loin de cette journée d'été claire, se dessinent des montagnes bleues qui n'ont pas l'air d'être de ce monde. Voilà l'Auschwitz de ce garçon de onze ans.*

Ça commence par une ombre dont on n'arrive pas à se débarrasser. Il faudrait pouvoir la vendre, comme le fait Schlemihl, dans le conte de Chamisso. Mais il n'est pas facile de trouver preneur pour l'ombre dont je parle. Même le diable n'en veut pas.

Je n'ai pas connu le père de mon père, bien qu'il soit mort quand j'étais déjà jeune fille. J'étais de ces choses qui arrivaient mais qu'on faisait semblant d'ignorer : un enfant naturel (comme si les autres étaient artificiels). Ce sont mes frères et sœurs légitimes qui m'ont appris plus tard qu'il fut un gentil « papy ».

Ça commence par le souvenir. Par ce phénomène connu qui veut que l'enfance et la jeunesse attendent le grand âge pour revenir en force, tandis que les décennies les plus proches pâlissent. Ainsi mon père parle-t-il de plus en plus souvent du passé. Il avait dix-sept ans à la fin de la guerre. Comme des milliers d'adolescents, il avait été mobilisé dans la défense antiaérienne comme auxiliaire. Les Américains qui l'ont fait prisonnier l'ont déposé sur le capot de leur Jeep et, équipés de cette figure de proue, ils ont regagné leur campement par des chemins cahoteux. Il avait été envoyé par ses camarades, figurants soldats comme lui, pour essayer de trouver du pain dans le village le plus proche. Quand les Américains avaient dirigé leurs fusils vers lui, il avait encore sa miche de pain sous le bras. Je lui ai demandé s'il avait levé les mains, comme on lui en intimait l'ordre. Non, ce n'était pas possible, à cause de la miche de pain. Celle-ci lui avait été finalement prise en même temps que les grenades à main dont il avait plein les poches. Les Américains l'ont emmené dans un camp de prisonniers en Normandie, non loin du village où je me trouve en ce moment, et où il fait un temps si inhabituellement calme aujourd'hui.

On parle souvent du silence qui régnait en Allemagne après la guerre. Dans une étude sur l'époque nazie telle qu'elle continue à vivre dans la mémoire familiale, j'ai lu que ce silence aurait été plus ou moins inventé par la génération de 68 ; celle-ci aurait soigneusement cultivé le mythe du silence paternel parce qu'elle-même ne voulait pas parler. Cette thèse me semble plutôt douteuse mais, en fin de compte, fréquentant non des générations mais des individus, je ne peux pas en juger.

En tout cas, dans les camps de prisonniers américains où mon père était enfermé avec quantité de jeunes Allemands de son âge, on se taisait abondamment. C'est ce qu'il m'a dit. C'est-à-dire qu'on se parlait, bien sûr. Mais de l'empire de mille ans de leur enfance et de leur jeunesse qui venait tout juste de se terminer (les deux en même temps, d'ailleurs, l'empire et la jeunesse), de tout ce à quoi leurs parents et la plupart d'entre eux avaient cru, on ne soufflait mot.

J'essaie de m'imaginer ces centaines d'adolescents dégingandés, amaigris, enfermés les uns sur les autres pendant des mois, autrement dit indéfiniment pour des garçons de cet âge, et dont les pensées, derrière les barbelés, tournaient en permanence autour d'un point aveugle. Mais je crois que cette idée est fausse. Ils vivaient là ensemble et attendaient de pouvoir rentrer chez eux. Ils ne savaient rien du point aveugle. Le point aveugle a mis cinquante ou soixante ans à se révéler et à faire tache d'huile. Comme une de ces petites taches qu'on essaie d'enlever à l'eau et au savon, et, une fois que le tissu a séché, on s'aperçoit qu'une tache bien plus grande, une auréole, est apparue. Une ombre.

Lorsqu'il put rentrer chez lui, son père n'était pas encore revenu. Il avait été interné dans un camp, lui aussi : au camp d'internement de Hemer, en Westphalie, qui peu auparavant avait été le Stalag VI A. Là, des dizaines de milliers de prisonniers de guerre, russes en majorité, avaient été forcés à travailler dans les mines de la Ruhr ou ailleurs ; beaucoup d'entre eux avaient péri. On peut considérer cela comme des faits dont on prend connaissance, comme on a pris connaissance de l'existence d'autres camps, sans parvenir toutefois à les comprendre et à y faire face. Camps de transit, d'internement, de prisonniers, de concentration et d'extermination : il y en avait des douzaines, des centaines, des milliers peut-être. Comme s'il n'y avait pas eu d'autre lieu de séjour pour les populations de l'Europe en ces années-là.

Le Stalag VI A avait été transformé à la fin de la guerre en un camp de rééducation pour nationaux-socialistes présumés. Quand il en est revenu, au printemps ou peut-être à l'été 1946, mon grand-père était devenu très croyant. Puis il s'est passé dans cette famille ce qu'il s'est passé dans beaucoup d'autres familles : ni l'aboyeur à la moustache ni rien de ce qui avait eu lieu sous son règne ne fut plus jamais évoqué dans les décennies suivantes. Mes frères et sœurs et moi avons prolongé ce silence jusqu'à nos jours. Ce n'est pas que je n'osais pas demander. Peut-être avais-je des appréhensions. Certainement. Mais avant tout, par une sorte d'entêtement et de revanche infantiles, je ne voulais rien savoir de ces grands-parents qui n'avaient jamais voulu connaître la petite fille que j'étais. Je les punissais, eux qui ne sauraient rien de ce risible châtiment tardif, en m'en souciant aussi peu qu'ils s'étaient souciés de moi. À quarante ans, j'ai vu pour la première fois des photos de ces gens. Ils étaient alors morts depuis longtemps. Des années passèrent encore, pendant lesquelles ma propre absence de questionnement butée et mon désintérêt individuel coïncidèrent avec le silence, dit « de plomb », des Allemands en général.

Ce n'est que depuis ces dernières années, bien plus d'un demi-siècle après la fin de la guerre, que mon père, chaque fois que je vais le voir, parle de ce silence qui pèse de plus en plus sur sa conscience. Ce silence, il ne le comprend plus ; il se le reproche.

Depuis la Normandie, je vais le voir dans sa maison au bord du Rhin. Durant les deux journées que je passe avec lui, nous revenons plusieurs fois sur le passé. Je lui demande si son père a été un nazi opportuniste ou convaincu. S'il a voulu faire carrière, ou du moins garder son poste, ou bien s'il a cru sincèrement à la « cause ». Je lui pose cette question comme s'il n'y avait pas de troisième possibilité. Or il n'y a sans doute pas seulement une troisième, mais mille autres possibilités d'avoir été nazi. D'ailleurs, en posant la question, je ne sais pas quelle est la réponse que j'aimerais le mieux entendre. Je crois que je préférerais malgré tout un homme bête et sincère à un être lucide et dénué de scrupules.

Mon père a été un nazi convaincu, me répond-il.

Ma préférence pour les crétins crédules ne va pas jusqu'à m'arracher des cris de joie.

Je lui demande comment il s'explique qu'un homme dont le père – Sanderling –, pour lequel il avait une immense admiration, avait eu beaucoup d'amis juifs, et non pas des Juifs-alibis mais de vrais, de bons amis, Benjamin, Buber, Scholem, Rosenzweig, Gutkind, et qui par ailleurs sentait le lien profond qui le liait, lui chrétien, au judaïsme, que le fils d'un tel homme, donc, ait pu devenir un « ardent nazi ». C'est une expression toute faite en allemand qui s'oppose aux « suiveurs » comme le pain blanc au pain noir.

Il ne se l'explique pas. Cette rupture, cette ombre funeste, pèse sur sa poitrine. Il me raconte que son père a bien connu les amis juifs de ses parents quand il était jeune homme, et qu'après la guerre il a cherché à renouer avec certains d'entre eux qui avaient survécu à l'empire de mille ans dans l'émigration. De façon bien compréhensible, la plupart l'ont repoussé sèchement, et l'échange s'est arrêté là. Mon père, lors de son premier voyage aux États-Unis, au début des années cinquante, est allé voir Erich et Lucie Gutkind. Il me montre leur réponse à une lettre de son père : ils y protestent d'avoir été mentionnés comme garants, dans une demande de visa d'entrée aux États-Unis, sans avoir été consultés auparavant. Pourtant, la lettre se termine par ces mots : *Et si votre garçon veut nous apporter une étincelle de l'ancien feu, alors nous nous en réjouirons.* Une fois sur place, il a été reçu très gentiment, raconte-t-il. Il s'est trouvé face à de vieilles personnes très douces et adorables. Et, là encore, le silence a prévalu. Plus d'un demi-siècle plus tard, mon père a honte d'être resté assis en face de ce couple, qui lui a probablement servi à boire et à manger, sans aucun mot non pas d'explication – qu'aurait-il bien pu expliquer ? – mais touchant à l'essentiel. Pour cette honte-là, qu'il n'a jamais laissée s'éteindre en lui, je l'aime et je l'honore. Je me dis qu'elle est la chose la plus précieuse que nous ayons. Sa brûlure perdure depuis des décennies, elle est transmise aux enfants ; non pas brandie comme une flamme olympique, mais confiée subrepticement à un autre, plus jeune. J'en suis reconnaissante à mon père.

Peut-être les Gutkind ne savent-ils pas qu'un des fils de leur vieil ami a été nazi. Ils sont d'une grande gentillesse avec mon père. Ils ne posent pas de questions, même en recevant ce garçon chez eux. Des rumeurs ont dû leur parvenir. Ou bien non. Ils en devinent bien assez. Et pourtant, ils sont gentils. Parce qu'ils sont incapables de haine et de dureté ? Parce que ces quelques êtres en Allemagne, les descendants de leurs amis, constituent leur seul lien avec toute leur vie d'avant, leur monde spirituel, leur langue.

La mère d'Erich Gutkind, Elise Gutkind, née Weinberg, est morte en 1942 à Theresienstadt. Cela, je le découvrirai plus tard, de retour en Normandie, sur Internet.

Les Gutkind, dit mon père, et ce nom de Gutkind, qui signifie « bon enfant », se mêle étrangement, dans mon imagination, à l'image de ce vieux couple d'émigrés gentils « malgré tout » et au titre du principal ouvrage d'Erich Gutkind, une œuvre mystique, d'après ce que j'ai pu en apprendre : *Naissance sidérique*. Je ne sais plus, si je l'ai jamais su, ce que signifie « sidérique », mais je l'associe à la sidération, à une incompréhension stupéfaite, ébahie.

Les Gutkind. Je me rappelle un passage d'un ouvrage de Karl Emil Franzos que j'ai lu il y a quelque temps. Le livre raconte comment, au XVIII^e^ siècle, on a attribué de force des noms de famille à tous les Juifs de Hongrie, de Galicie et de Bucovine. Cela s'est passé sous l'empereur Joseph II ; le même qui fonda en Bohême une ville fortifiée qu'en l'honneur de sa mère il appela Theresienstadt. Ces noms étaient souvent des mots composés allemands, comme Gutkind, justement. Que des officiers leur octroient arbitrairement des noms était insupportable aux Juifs, car ils portaient des noms hébreux qui leur étaient sacrés, écrit Franzos. S'ajoutait la corruption des envoyés du gouvernement : si on ne voulait pas se retrouver avec un nom injurieux, s'appeler Galgenholz (Bois de gibet), Blutsauger (Suceur de sang), Thränenvergießer (Verseur de larmes) ou Falscherhund (Faux Chien, autrement dit : Fourbe), il fallait souvent graisser la patte aux fonctionnaires. Un passage du livre de Franzos m'a particulièrement marquée. Il y est question d'un homme habitant avec sa femme et sa fille dans une petite maison près d'un fleuve. Il ne répond pas lorsqu'on lui demande comment il voudrait s'appeler. Il gémit, il pleure. Alors on l'appelle Weinstein. Et son voisin Steinwein. *Et cætera.* Je m'imagine que, lorsqu'ils se sont trouvés face aux aïeux des Gutkind, les militaires chargés de leur attribuer un nom n'ont pas réfléchi longtemps. C'est Gutkind, Bon Enfant, qui s'est imposé.

Mon père me dit qu'il est tourmenté aussi par l'idée que ses parents ont emménagé en 1944 dans une belle villa au rez-de-chaussée de laquelle – donc juste en dessous de chez eux – se trouvait le service de renseignements de la SS. Dans la Grünstraße, à Bielefeld. Un appartement ainsi situé n'avait pu être attribué qu'à des individus hautement fiables et loyaux. Recevoir des visites de personnes persécutées ou seulement mal vues du régime était impensable dans un endroit pareil. Mais quelle visite non conforme aurait-il pu y avoir ? Les amis juifs de la famille avaient émigré depuis longtemps. Benjamin s'était suicidé déjà quelques années auparavant.

Je regarde mon père, qui est affaissé dans un lounge chair dessiné par Charles Eames en 1956, dont un exemplaire se trouve au Museum of Modern Art de New York et un autre exemplaire dans son salon (dans un de ses deux salons). Je le vois, lui qui est maintenant un vieil homme, un vieillard, dans toute sa fragilité qui l'humilie et qu'il cherche à cacher mais qui l'a rapproché de moi, me semble-t-il. Et deux choses sont vivaces en moi en même temps : mon bouleversement face à cette vie acculée à l'abîme de la disparition, face à son existence qui, depuis quelque temps déjà, ne semble plus tenir qu'à un fil. Lorsqu'il se lève et qu'il fait quelques pas, on dirait qu'il peut s'écrouler à tout moment, et on se tient prêt à se précipiter vers lui pour le rattraper dans sa chute. Il refuse de marcher avec une canne. Quant à l'appareil sur roulettes qu'on pousse devant soi, il n'en prononcerait même pas le nom. Et il y a autre chose. C'est une pensée méchante qui me traverse l'esprit : je me dis que ce qui lui pèse le plus, peut-être, c'est d'avoir eu comme père quelque chose d'aussi banal et vulgaire qu'un nazi, et que son silence vient aussi de là. En m'en parlant, et en en parlant peut-être à d'autres proches, il a ouvert une minuscule fissure dans cette voûte de silence.

Il me dit qu'il a toujours eu peur que quelqu'un puisse rendre la chose publique. Il me le dit à moi, qui suis la seule personne dans son entourage familial à rendre régulièrement des choses publiques en publiant des livres.

Pourquoi donc quelqu'un s'intéresserait-il au fait que ton père a été nazi, comme des millions de ses compatriotes ? aimerais-je lui demander, mais je ne le fais pas parce que la question me paraît insolente, irrespectueuse. Car il s'agit bien de la famille Rang, dont mon père se voit comme le dernier digne représentant. C'est à lui en tant que fils aîné que les archives familiales ont été transmises, comme le veut la tradition familiale. C'est à lui qu'incombait, comme à son père avant lui, de veiller sur l'héritage intellectuel de Sanderling, de travailler à la redécouverte de cet étrange ancêtre. Or ni lui ni son père n'y ont vraiment réussi. Si

Sanderling n'est pas tombé complètement dans l'oubli, il le doit sans doute moins au zèle de ses descendants qu'à son amitié avec Benjamin. Pourtant, mon père a fait plusieurs tentatives pour faire redécouvrir le personnage. Et tous ses efforts étaient donc assombris par la crainte secrète qu'on puisse s'intéresser à la suite de l'histoire familiale. Peut-être cette inquiétude l'a-t-elle même empêché d'œuvrer avec toute l'énergie nécessaire pour arracher Sanderling à l'oubli.

Et voilà que j'arrive, moi, qui ne suis pas un fils aîné mais une fille cadette, et qui ne porte même pas leur nom. Que faudrait-il donc que j'en fasse, moi, de ce grand-père nazi ? Rien. Il ne me le raconte d'ailleurs pas pour que j'en fasse quelque chose, surtout pas, mais parce qu'il ne peut plus se l'ôter de la tête depuis quelque temps. Je n'ai pas l'intention d'en faire quelque chose. Je ne saurais pas quoi. Un grand-père nazi, n'est-ce pas donné à tout le monde ? Même pour moi, cela n'a rien de nouveau. J'en ai déjà un. Il est mort peu après ma naissance. Il ne venait pas de la bourgeoisie intellectuelle. De son passé nazi, on n'a jamais fait ni un plat ni un secret.

Je ne veux rien en faire, n'en ferai rien, à quoi bon ? Aucune envie d'écrire une énième histoire de père ou de grand-père nazi. Mais j'en parle à deux amis juifs.

Le premier s'appelle Pierre. Son nom de famille est ce qui est resté une fois que le père de Pierre, émigré de Bessarabie en France, eut morcelé son nom, sous l'Occupation, pour n'en garder qu'un tronçon. Pierre ressemble à une statue de l'île de Pâques. À ceux qui le connaissent et qui ont déjà vu des reproductions de ces statues *moai*, la comparaison paraît évidente ; malheureusement, elle n'est pas de moi, mais d'une des nombreuses autres amies de Pierre. Je parle donc à Pierre de mon père et du silence qui, dans le grand âge, lui pèse et lui fait honte. Pierre a à peine dix ans de moins que mon père. Une grande partie de sa famille a été assassinée. Déguisé en petit chrétien, il a survécu, puis il a grandi à Vichy où, étonnamment, ses parents s'étaient établis.

Quand j'étais enfant, je pensais qu'il n'y avait plus de Juifs, que nous les avions tous tués. Nous, les Allemands. Mes propres ancêtres, peut-être. Mais eux et leurs crimes se perdaient, tout comme leurs victimes, dans la nuit des temps. Dans mon école, il n'y avait ni enfants ni professeurs juifs. Peut-être y avait-il des Juifs dans la ville où j'habitais, je n'en sais rien. Les premiers Juifs que j'ai rencontrés habitaient Paris.

Pourquoi est-ce que je parle à Pierre de la honte de mon père ? Voudrais-je lui faire sentir que nous, les Allemands d'aujourd'hui, nous ne vivons pas uniquement dans l'insouciance et la prospérité ? A-t-il donc jamais laissé entendre que c'était ce qu'il croyait ? Aimerais-je lui dire que nous, les Allemands, en tout cas certains d'entre nous, portons toujours le passé comme un fardeau ? En a-t-il jamais douté ? C'est un homme plus qu'intelligent. Quand il est question de ces choses – de ce qui s'est passé, l'inimaginable que nous devons quand même nous imaginer –, il se met à pleurer. Je suis assise à côté de lui, pétrifiée de honte et de désarroi. Je ne pleure pas. J'ai honte de ne pas pleurer. Je ne peux pas.

Dans un livre d'Andrzej Stasiuk, j'ai lu les phrases suivantes : *J'essaie de me représenter un Allemand en pleurs, et alors je ne peux que ricaner. Je ne peux même pas me représenter une Allemande en pleurs. À la rigueur, une immigrée avec un passeport allemand. Oui, le monde serait meilleur si on pouvait s'imaginer un Allemand en pleurs.*

Avec moi, au moins, Stasiuk n'aura pas l'occasion de ricaner. Je suis assise à côté de mon ami Pierre et je ne pleure pas.

Ces phrases de Stasiuk, c'est de la haine à l'état pur, ai-je pensé en les lisant pour la première fois ; mais je les ai surtout reçues comme un coup à l'estomac. Ce sont les phrases les plus haineuses et en même temps les plus bêtes que j'aie jamais lues sur les Allemands – qui sont restés mes compatriotes, malgré l'éloignement, et bien que j'aie souvent rêvé d'en avoir d'autres. D'ailleurs, Stasiuk, comme Hitler, ne semble pas compter les Juifs allemands parmi les Allemands.

Quand j'étais enfant et jeune fille – et, au fond, cela continue encore aujourd'hui –, je ne pouvais pas prononcer le mot *Jude*. C'était un mot qui ne passait pas mes lèvres. Qu'est-ce qui l'empêchait ? Plus tard, en France, je n'ai pas eu cette difficulté, et j'ai pu tout de suite dire « Juif ». Dans ma réticence à prononcer le mot allemand, il y avait deux réflexes dissemblables : l'épouvante devant l'inconcevable qu'on avait fait subir aux Juifs ; que *nous* leur avions fait subir. Et, en même temps, il y avait le fait que, tout récemment encore, le mot *Jude* était une injure. En le prononçant, est-ce que je ne me mettais pas sur le même pied que ceux dans la bouche desquels il avait été une injure ? J'avais honte de le prononcer. Ce n'était pas la honte personnelle, individuelle, qu'éprouve celui qui a agi de façon injuste ou indigne, mais une sorte de honte commune, globale, qui avait déposé son voile sur la langue allemande. De cette honte langagière, de ce sentiment diffus qui vivait en moi et y vit toujours, je n'ai jamais parlé à personne, et je ne sais donc pas si d'autres l'ont éprouvé comme moi. Peut-être ces sentiments ne sont-ils apparus qu'avec ma génération. Car comment expliquer autrement que, jusque dans les années soixante, *bis zur Vergasung* (« jusqu'au gazage », qui voulait dire : *ad nauseam*) ait été une expression répandue en Allemagne ?

Je n'en ai jamais parlé avec Pierre non plus. Le voilà devant moi, avec sa belle tête comme gravée dans le roc. Il est assis à sa table de cuisine et il pleure. Il ne pleure pas longtemps, et d'ailleurs il pleure moins qu'il ne parsème sa parole de petits sanglots. Car il continue à parler de cette façon si caractéristique, vive et brusque, qui est la sienne, et parfois il me regarde. Je ne me sens pas séparée de lui. Il ne me regarde pas comme si je me trouvais d'un côté du gouffre de l'Histoire et lui de l'autre. Je lui en suis reconnaissante. Avec lui, je ne me sens ni allemande ni non allemande. Assise, là, en face de Pierre, je me sens comme si j'étais un être humain.

Dans un quotidien français, je lis la recension du deuxième volume des journaux de Susan Sontag. Susan Sontag, la femme la plus intelligente d'Amérique, à en croire le critique, a un goût pour les listes. Meilleurs films, meilleurs livres, elle a tout lu, elle a tout vu. Et, en tant que juge suprême, elle a établi un classement par *rangs*. Dans l'article, on cite des extraits de la liste de ce qu'elle aime et n'aime pas. On dirait qu'elle aime toutes les choses dont elle s'imagine que les autres ne les aiment pas, et inversement. Entre autres, elle n'aime pas les chats, les couples, les livres de poche. Elle n'aime pas nager. Parmi les choses qu'elle aime, il y a les meubles de bureau, régler des factures, regarder du patinage artistique. Et : les Juifs. Je suis contente d'avoir un ami qui est plus intelligent que la femme la plus intelligente d'Amérique. Je prétends en effet que Pierre ne dirait ou n'écrirait jamais qu'il aime les Juifs. Mais peut-être ai-je tort. Moi, en tout cas, je ne l'écrirai pas, parce que je trouve cette phrase tout aussi bête dans sa forme affirmative que négative.

Je t'envie, quelle joie d'avoir une maison qui a appartenu à ses grands-parents et qui est encore remplie de souvenirs, m'a dit un jour Gila, rencontrée par hasard dans un train en direction de Francfort.

Il n'y a pas, dans ma famille, de maison ayant appartenu à mes grands-parents et qui serait pleine d'affaires familiales. Je n'ai pas connu mes grands-parents. Mais je sais, bien sûr, ce qu'elle entend par là. Elle veut dire : Tes grands-parents n'ont pas été inquiétés et pourtant ils ont participé, peut-être ont-ils même aidé à tuer les miens. Elle me voit de l'autre côté du gouffre. Du côté des heureux/méchants, alors qu'elle se trouve du côté des malheureux/bons. Elle est gentille avec moi et amicale, et je crois, j'espère, que je le suis aussi avec elle. Pourtant, je sens nettement qu'elle voit en moi une Allemande non juive avant de voir un être humain. Je ne peux pas lui en vouloir. Est-ce que je lui en veux malgré tout ? J'en veux à mes grands-parents d'avoir créé de pareils gouffres pour des décennies, probablement des siècles. Enfant, jeune fille, avant même de connaître des Juifs, je me suis déjà trouvée au bord de ce gouffre, et j'ai toujours voulu me transporter de l'autre côté. J'aspirais à être du côté des victimes (l'idée qu'on pouvait aussi se trouver ni d'un côté ni de l'autre, ou même des deux côtés à la fois, ne m'a effleurée que plus tard). Dans la génération des Allemands nés après la guerre, il y en a eu un certain nombre qui ont changé d'identité, qui se sont inventé des ancêtres juifs et qui ont étudié le Talmud, bref, qui se sont tirés par tous les moyens possibles de l'autre côté, y compris en se racontant des histoires. Est-ce que tu veux dire par là que tu m'envies mon grand-père, mort en camp de concentration, et mon père, qui a survécu aux camps et aux marches de la mort ? me demande Gila d'un ton acerbe – non, elle ne me le demande pas vraiment, encore moins d'un ton acerbe, mais c'est moi qui m'imagine qu'elle pourrait le faire. Que répliquerais-je ? Il me semble que mes possibilités de réponse sont assez restreintes. Peut-être pourrais-je malgré tout dire quelque chose comme ceci : Ce que je t'envie, ce n'est pas ton père ni ton grand-père, mais la conviction, que tu sembles tirer de leur histoire, de te trouver du bon côté, du seul côté digne d'un être humain. Ou bien aimerais-tu peut-être échanger tes ancêtres contre les miens ?

Cette conversation n'a jamais eu lieu, ni telle que je la raconte là ni autrement. Après la première remarque de Gila, quand elle disait m'envier ma maison familiale intacte (qui n'existe pas), je me suis tue. Je me sentais classée, rangée du mauvais côté, et repoussée. Non pas enviée, mais méprisée. Or ce que je décris ici, la volonté de classer, le mépris, n'est-ce pas un produit de mon imagination plutôt que l'attitude réelle de mon interlocutrice ? N'est-ce pas moi qui lui ai attribué des sentiments que je présupposais chez elle comme s'ils allaient de soi ?

Pourra-t-elle, voudra-t-elle suivre mes pensées, se mettre un instant dans ma peau, en lisant ces lignes ? M'assignera-t-elle définitivement une place de l'autre côté du gouffre ? Ou bien me tendra-t-elle la main ? Mais est-ce que je lui ai tendu la mienne ? J'aimerais le faire ; je le fais. C'est un hasard, voudrais-je lui dire, si j'ai tels grands-parents et toi tels autres, nous n'y pouvons rien, ni toi ni moi. Des lieux communs ? Des lieux où nous pourrions séjourner en commun ?

Je parle à Cécile de ce fardeau du silence qui pèse à mon vieux père. Nous ne sommes pas amies depuis très longtemps, mais j'ai eu tout de suite en elle une confiance spontanée, absolue ; j'ai le sentiment que je pourrais « tout » lui dire. Au début, et peut-être même aujourd'hui encore, j'avais mauvaise conscience rien qu'en la regardant. Je croyais voir comme le passé se reflète dans ses yeux, et l'accable. J'ai su que son grand-père avait été tué dans un camp. J'ai appris que depuis sa petite enfance on l'emmenait à la commémoration annuelle de la déportation à Beaune-la-Rolande. Je croyais voir comment cette mémoire, comment cette journée où l'on était venu chercher son grand-père, que sa famille ne cesse de revivre, avaient jeté leur ombre sur son visage. Mais peut-être était-ce moi, là encore, qui en jetais une ? Pourtant, ma mauvaise conscience venait justement de ce que, en me regardant dans la glace, je ne voyais pas trace d'une ombre semblable.

Lorsque Cécile sourit, ou rit, l'ombre tombe de son visage. Où il y avait de l'ombre, il y a alors de la lumière ; une lumière chaude qui illumine la pièce et qui nous est offerte, à nous qui y sommes réunis.

Quand j'ai connu Cécile un peu mieux, j'ai été très étonnée et soulagée d'apprendre qu'elle se sentait plus à l'aise en Allemagne qu'en France. La France s'est toujours considérée comme un pays qui avait été occupé, me dit-elle, et donc comme victime des envahisseurs allemands. Pourtant, c'était la police française qui avait convoqué son grand-père. Ce n'étaient pas des Allemands. J'en serais presque venue à être reconnaissante à la police française. Non pas d'avoir convoqué cet homme, mais d'être française.

Je parle donc à Cécile du poids du silence et de mon intention de chercher à en savoir un peu plus sur la vie de mon grand-père en interrogeant les archives allemandes. Pour être sincère, ce n'est pas encore une intention, plutôt une de ces vagues idées qui vous traversent parfois la tête : Oui, bon, peut-être devrais-je creuser un peu cette question, et puis on ne le fait pas, par paresse ou par appréhension. Or j'ai maintenant exprimé cette réflexion à voix haute devant Cécile, enfin, plutôt à voix basse, mais d'une voix tout de même assez forte pour qu'elle l'entende. Elle m'encourage, elle me conforte dans mon intention, qui n'en est pas encore une. Mon désir d'en savoir plus est sans doute moins vif que mon désir d'être considérée par Cécile comme un être qui veut en savoir plus, qui est hanté par le passé. Non pas comme une de ces personnes qui prétendent que tout cela ne les regarde pas. Est-ce que j'exagère, est-ce que je me dénigre moi-même en insistant sur mon envie de plaire à Cécile ? Je ne sais pas. Comme toujours, la sincérité et l'insincérité sont inextricablement liées.

Je commence donc mes recherches. Maintenant que j'en ai parlé à Cécile, je ne peux plus faire marche arrière. Je ressens cela comme un devoir vis-à-vis d'elle ; comme si je devais moi aussi endosser le fardeau de mon grand-père et n'avais pas le droit de rester dans l'incertitude. En même temps, à mesure que ma démarche avance, j'appréhende ce que je vais peut-être découvrir. Mais je me rassure en me disant que je ne fais ces recherches que pour moi-même, et aussi pour mes frères et sœurs s'ils ont envie de savoir, et que, d'ailleurs, en dehors de nous, elles n'intéresseront personne. Rien ne m'obligera à les *rendre publiques*, comme mon père craint que *quelqu'un* puisse un jour le faire.

J'écris des lettres, je fais des demandes auprès des Archives fédérales et de celles du Land de Rhénanie du Nord/Westphalie. Les premières gardent les dossiers qui se sont accumulés avant 1945 ; les secondes, tout ce qui concerne l'après-guerre. Je suis étonnée de ne rencontrer aucun obstacle ; personne ne me prie de me justifier, de prouver par exemple que je suis bien la petite-fille que je prétends être sans toutefois porter le même nom que mon ancêtre. Apparemment, tout le monde peut avoir accès à ces dossiers et même s'en procurer des copies, à condition de s'acquitter des frais de reproduction. Seule condition : il faut connaître la date et le lieu de naissance de la personne sur laquelle on cherche à se renseigner. Comme je ne veux pas interroger mon père, je finis, après avoir fouillé longuement sur Internet, par les trouver toute seule.

Les administrations allemandes avec lesquelles j'entre en relation correspondent à tous les stéréotypes : elles sont rapides, efficaces, et elles répondent d'une manière neutre et discrète. M'étais-je attendue à ce qu'on me présente des condoléances personnalisées ? Chère Madame, nous sommes au regret de vous informer que votre estimé grand-père... Non, la réponse ne pouvait être que ce qu'elle fut.

Cependant, une erreur n'est-elle pas toujours possible ? Je songe à ces célèbres histoires de mères dont les enfants ont été confondus ou échangés à la maternité. La même chose ne peut-elle pas arriver – et bien plus facilement encore – avec des grands-pères ? Avec des êtres qui n'existent plus que sous forme de dossiers et de souvenirs ?

Quand je pense aux archives qui m'ont répondu, j'imagine un immeuble de bureaux semblable, probablement, à une administration quelconque ou à un tribunal d'instance ; de longs couloirs, des doubles plafonds, des spots, des plantes vertes, un panneau indiquant l'issue de secours. Kafka a commencé son roman *Le Château* aux monts des Géants, une chaîne de montagnes dans la région des Sudètes. Je m'imagine que, dans le service qui veille sur le passé allemand, les murs sont peints dans des couleurs pastel, comme dans la plupart des administrations. Je n'imagine pas d'êtres humains. Qui écrit à une administration ne s'adresse pas à des êtres humains mais à une vaste structure floue qui tient à la fois du nuage et de la fourmilière. Je suis d'autant plus surprise de recevoir une réponse d'une personne qui porte un nom. L'homme s'appelle Jens Niederhut (Chapeau bas). (Il n'y a rien d'inventé dans ce livre, tout est « vrai », autrement dit, rien n'est sciemment faux.)

Or, s'il y a là non seulement un nuage à fourmis, mais un être humain portant un nom bien précis, n'y a-t-il pas un danger que, en faisant cette demande, j'aie déjà *rendu publique* la chose ? Ou bien les archivistes sont-ils soumis au secret professionnel, comme les médecins ? Ma crainte est absurde, puisque ce grand-père n'est qu'un cas parmi des millions et que personne ne lui porte un intérêt quelconque ; pourtant, je n'arrive pas à la chasser complètement. À Düsseldorf, je n'aurais aucune chance de tomber sur ce Niederhut, mais en cherchant dans le monde entier (sur mon écran) je le retrouve aussitôt. Et, en effet, il a non seulement un nom, mais aussi un visage. La photo montre un jeune homme à lunettes et aux cheveux bruns coupés très court ; sa chemise est fermée jusqu'au col, et son expression aussi. Je trouve par ailleurs une de ses publications portant sur « les dossiers secrets dans les archives publiques », mais le cas de mon grand-père n'a pas l'air de faire partie de ces dossiers qui nécessitent une « vérification du demandeur pour raison de sécurité ». Voilà bien ce qui inquiétait mon père, et moi par la suite. J'ai maintenant en main une copie du dossier.

Dans un dossier administratif, un être humain se reflète comme dans un étrange miroir en papier. J'ouvre grands les yeux et j'essaie d'y discerner quelque chose. L'homme qui me regarde du fond de ces papiers est différent de celui que mon père m'a décrit. Pour la première fois, il m'apparaît directement ; je tiens certes une copie et non l'original, mais sur les documents – le fameux questionnaire que les Américains faisaient remplir après la guerre à tous les adultes allemands – je peux voir son écriture, qui est fluide et légèrement penchée vers la droite. La première rubrique est intitulée *oui ou non*. Il s'agit de l'appartenance à différents organismes. Je vois beaucoup de *non* et quelques *oui* : NSDAP, SA, NSV (Nationalsozialistische Volkswohlfahrt), Reichsschrifttumskammer, Deutsches Rotes Kreuz (la Croix-Rouge), Reichskolonialbund. Il indique avoir collaboré *à titre honorifique* au Sicherheitsdienst, autrement dit au service de renseignements de la SS, ce qui lui permet de mettre un *non* dans la case de l'adhésion. À titre honorifique ? Étrange honneur.

Je suis penchée sur ce miroir en papier avec l'impression, qui n'est pas désagréable au fond, de faire quelque chose d'interdit : mon père, à qui je n'ai rien dit, désapprouverait que je mette mon nez dans les affaires de famille. En même temps, j'ai le sentiment embarrassant de surprendre un être humain à l'heure de son humiliation la plus profonde. Il est là, face à l'Américain vainqueur, avec qui il se croit seul. Il ne sait pas que les mots qu'il énonce seront conservés pendant des décennies, et qu'ils seront lus par des gens qui ne sont pas encore nés, des étrangers. Dans le miroir en papier, c'est un homme à genoux qui me regarde, un homme qui a honte. Avec cet homme-là, je peux sentir une proximité passagère ; plus peut-être qu'avec n'importe lequel de ceux qu'il a été par la suite.

Je vois les noms et les signes redoutables : la couronne dans les griffes de l'aigle qui regarde vers la droite, et, dans cette couronne, la croix, qui tourne à droite également ; la demande d'adhésion au parti national-socialiste allemand, Munich, Braunes Haus, où le demandeur indique être *de descendance allemande et libre de toute influence de race juive ou de couleur*, et où il promet *de soutenir de toutes ses forces, en fidèle partisan, le Führer du Parti.* Coût : 3 Reichsmark.

Je suis surprise de voir comme les choses s'approchent de moi tout d'un coup. Le dossier contient pourtant assez peu d'informations. Mais ce peu de chose permet d'en deviner beaucoup. Taille : 1,82 m. Poids : 58 kg. Signes particuliers : cicatrice d'appendicectomie. Cheveux : bruns. Couleur des yeux : marron. Entré au parti en 1937 et ressorti en octobre 1944. Membre de la SA entre mai 1934 et juin 1938. *Rottenführer*. En 1918, croix de fer de deuxième classe pour acte de bravoure. L'homme qui transparaît dans le dossier indique avoir voté pour le parti social-démocrate en novembre 1932 et en mars 1933. En avril 1933, le maire de Cologne lui aurait signifié sa *mise en congé à effet immédiat* du poste de bibliothécaire qu'il occupait. Puis il aurait été muté par mesure disciplinaire. *Je n'ai obtenu l'annulation de la mise en congé qu'au bout de plusieurs semaines d'efforts.* Il ressort toutefois de la liste de ses revenus que son salaire a continuellement augmenté entre 1931, où il était bibliothécaire à Cologne, et 1945, où il était devenu directeur de bibliothèque à Bielefeld, de 7 200 à 10 000 Reichsmark.

À partir de ces fragments, j'essaie spontanément de reconstituer un être humain, tout en sachant que c'est un portrait fantôme que je dessine. Celui-ci se compose de deux trois indications que j'ai pu soutirer à mon père, et qui se superposent maintenant au reflet du dossier d'archives. L'homme dont j'aperçois les contours flous ne se sent pas attiré par les hordes vociférantes. Il est plutôt du type Stefan George, c'est mon père qui me l'a dit. C'est un esthète aux cheveux longs, le contraire d'un militaire. Je dois faire pas mal d'efforts pour me représenter un type à la Stefan George qui vote social-démocrate, mais un être humain peut avoir des penchants contradictoires, *a fortiori* un portrait fantôme. Quand les chefs des bandes vociférantes arrivent au pouvoir et qu'il est menacé d'être écarté de sa carrière professionnelle, il courbe l'échine devant eux et se plie aux nouvelles exigences, à la fois par faiblesse et par commodité. Il est possible, en tout cas, que cela se soit passé ainsi. Qu'il n'ait adhéré au parti qu'en 1937 peut s'expliquer par le fait qu'entre l'été 1933 et 1937 on n'acceptait plus de nouveaux membres. À la place, il est entré dans la SA, par hasard juste avant ce qu'il est convenu d'appeler en français la Nuit des longs couteaux, à savoir l'éviction de la SA, que le portrait fantôme ne voyait peut-être pas d'un trop mauvais œil si son but n'était pas de se profiler dans une organisation puissante mais simplement d'être considéré comme un adepte du mouvement et, par ailleurs, d'être laissé tranquille. Cette hypothèse, disons, bienveillante est étayée par le fait qu'il n'est jamais allé au-delà de *Rottenführer*, qui était le grade le plus bas dans la SA. Une *Rotte* ou bande comptait quatre à huit hommes. Il portait donc régulièrement la chemise et les hauts-de-chausses marron, un bandeau rouge au bras et, sur la tête, le képi marron, attaché par un ruban sous le menton. Il a fait ce qu'il fallait pour garder son poste et continuer à monter en grade dans son métier. En juin 1938, il quitte la SA. Il est maintenant membre du parti, et il semble qu'on ne lui demande pas d'engagement supplémentaire. Encore une fois, il a de la chance avec les dates : quelques mois après son départ de la SA ont lieu les pires pogroms de ces années-là. La SA tue, détruit, brûle des synagogues et des magasins. Il n'y participe pas. En tout cas, les dates permettent de l'espérer.

Le portrait fantôme se brouille de plus en plus dans les années suivantes. Il arrive un moment où opportunisme et conviction profonde ne peuvent plus être nettement distingués. *ATTENTION ! À LIRE ATTENTIVEMENT !* peut-on voir sur le questionnaire du Military Government of Germany du 1$^{er}$ janvier 1946. *Répondre avec précision à chaque question ! Répondre par « oui » ou « non » ! Si une réponse par « oui » ou par « non » est impossible, fournir des informations sans équivoque, par ex. « aucun » ou « inexact » !* Or que faire lorsqu'on n'a pas d'indications parfaitement concises et nettes à fournir, et que votre tête n'est pas le siège de l'univocité ? À la question Avez-vous été suiveur ou adepte convaincu ? qui n'est pas posée dans le questionnaire, celui à qui elle devrait s'adresser est incapable de répondre par oui ou par non. À un certain moment, il semble que l'opportuniste soit devenu – peut-être pour ne plus être opportuniste, justement – le fervent nazi que mon père a connu. Je lis *La Pensée captive* de Czesław Miłosz. Tout comportement humain, écrit Miłosz, inclut une part de comédie. Au bout d'une longue pratique, l'homme s'identifie tellement à son rôle qu'il finit par ne plus pouvoir distinguer son vieux Moi du personnage qu'il incarne. La ruse de la comédie, qui doit servir à berner les puissants, procure à celui qui en use un sentiment de supériorité et de satisfaction, oui, de plaisir, selon Miłosz, car elle lui permet de voir dans son vis-à-vis un crétin qu'on nargue, une bête dangereuse qu'on rend inoffensive. En vérité, il est pris à son propre piège.

Entre 1942 et octobre 1944, l'image fantôme indique avoir été *rapporteur culturel à titre honorifique* pour le service de renseignements de la SS, et avoir, dans cette fonction, rédigé des *comptes rendus sur l'état et les problèmes des bibliothèques, de la librairie, du monde de l'écrit, du théâtre, du cinéma et de domaines culturels apparentés.* « L'état et les problèmes des bibliothèques », voilà qui paraît plutôt anodin. Mais pourquoi les services secrets de la SS auraient-ils été intéressés par des choses parfaitement anodines ? Toutes les publications étaient lues par des collaborateurs extérieurs qui, « à titre honorifique », contrôlaient leur état d'esprit. Le tri des écrits allait de pair avec le tri des humains.

Les amis juifs de Sanderling – le père du portrait fantôme – ne se trouvaient plus en Allemagne depuis longtemps ; certains – Benjamin – n'étaient plus en vie. Chez mon père, j'ai pu jeter un coup d'œil aux lettres qu'Erich et Lucie Gutkind ont écrites pendant leur exil à Emma, la veuve de Sanderling.

Beaucoup d'entre elles commencent par *Ma petite Emma que j'aime !* ou par *Mes très chers !* Elles témoignent d'une affection ardente, déchirante. Ces deux vieilles personnes écrivent à Emma, à une Allemagne disparue, à leur propre monde qui leur a été arraché pour toujours.

Dans une lettre envoyée juste après leur émigration, en 1933, Erich Gutkind écrit à Emma et à l'un de ses fils (mon grand-père) : *La séparation géographique, si pénible soit-elle, n'est pas la pire. Mais il y a un mur inquiétant entre ceux de dedans et ceux de dehors, à travers lequel la langue a du mal à passer. Il ne faut pas qu'il en soit ainsi. Nous devons éternellement être tout proches les uns des autres, très clairement proches. Nous vous aimons beaucoup. Vous êtes nos êtres les plus chers. Vous êtes notre souvenir le plus merveilleux et le plus profond. Vous nous comprendrez toujours. Nous ne craignons rien. Même pas de mur.*

Dans une lettre ultérieure, le couple demande instamment quelques lignes de B., le fils d'Emma – le portrait fantôme. À ce moment-là, ce dernier parcourt les rues de Bielefeld en chemise brune, avec son peloton.

En annexe du questionnaire qu'il a rempli pour les Américains, il y a la liste de ses publications et de ses conférences. En 1933, il a écrit déjà (ou encore) un essai sur Kafka, en 1934, un autre intitulé « L'écrivain prolétaire B. Traven », titre qu'il fait suivre fièrement d'une parenthèse : *Impression interdite par le NSDAP !* Plus tard, il a écrit sur Goethe, sur Gottfried Keller, et tout de même sur Hermann Hesse. Il a fait des conférences sur Gutenberg, sur Mozart, il a organisé des soirées de lecture. Ses dernières conférences avaient pour titres : « L'Europe comme famille de peuples / Le chemin de l'Histoire allemande » (prononcée en 1943 devant le comité local du NSDAP Bielefeld-Königsbrügge), « Idéologie et éducation » et « Pâques allemandes » (prononcée à la fête du comité local, le dimanche de Pâques 1944).

Parmi les pièces jointes au questionnaire, il y a toutes sortes de témoignages à décharge, dont celui d'un de ses propres frères qui contient pas mal d'imprécisions propices au blanchiment. Mis pareillement en difficulté à l'arrivée des nouveaux maîtres du pays, ce frère avait accepté sa rétrogradation professionnelle – de professeur d'université à professeur de lycée – et n'avait pas adhéré au parti pour retrouver son poste. Mais le témoignage le plus important est une lettre de Martin Buber. Devant la nécessité de se disculper, mon grand-père a donc avalé sa honte et demandé une attestation à un ancien ami de son père. Pour autant que je peux voir, Buber est le seul Juif qui fut prêt à plaider en faveur de cet ancien membre de la SA et collaborateur des services secrets (mais qu'en savait-il exactement ?). Généreusement, il a écrit sur une feuille de papier à en-tête de la Hebrew University à Jérusalem : *Monsieur B. Rang, à qui j'adresse ce témoignage, est le fils de mon défunt ami Florens Christian Rang, l'un des Allemands les plus nobles de notre temps. Je connais B. Rang depuis sa jeunesse et je crois que cette connaissance me permet de dire que, s'il ne s'est pas montré suffisamment ferme vis-à-vis des puissances politiques, il est resté fidèle en son cœur à la cause de l'humanité. Lui permettre d'exercer une activité plus libre sera certainement utile à cette cause.* Recevoir une sorte de certificat de bonne conduite de la part d'un Martin Buber n'était pas à la portée de tout le monde. Pourtant, à la lecture de son témoignage, il est clair que l'objet de ce blanchiment (c'est plutôt un gris ou un blanc sale qui est obtenu par cette procédure) doit cette lettre uniquement à l'amitié qui liait Buber à son père.

Un ami pasteur écrit que M. Rang n'a pas été un fanatique, mais qu'il s'est efforcé de faire fidèlement son devoir *pour le véritable bien de notre peuple. S'il a changé du tout au tout, idéologiquement, comme j'ai eu l'occasion de m'en persuader, cela ne correspond à mon sens qu'à la sincérité de son être, qui lui a été propre de tout temps.*

En feuilletant ces documents, je n'arrive pas à me débarrasser du sentiment d'être une intruse dans la vie d'un autre, dans une époque appartenant à d'autres.

Ai-je donc progressé ? En sais-je plus qu'avant ?

Je continue à chercher. La municipalité de Bielefeld, dont il dépendait comme fonctionnaire, m'envoie une copie de son dossier. J'y trouve entre autres une demande de congé adressée au maire de la commune : *Sur ordre de l'inspecteur de la police de sécurité et du SD de Düsseldorf, je dois participer à un camp de formation de commandants SS à Prague, du 11.10 au 18.10.43.* Le 28.3.44, le maire de Bielefeld atteste que B. Rang, *en dehors de son poste de directeur de la bibliothèque municipale de Bielefeld, a des activités importantes pour les services de renseignements.*

Dans un livre de Carsten Schreiber, je lis que les collaborateurs du SD « à titre honorifique » avaient des rangs et des uniformes SS, eux aussi, mais qu'ils ne portaient ces uniformes qu'aux grandes occasions. Avec leur famille, ils formaient un *clan SS*. Ils étaient considérés comme *le fer de lance intellectuel de la nation* et devaient être *d'un caractère irréprochable et, d'un point de vue national-socialiste, impeccables* afin de lutter contre *la judéisation intérieure de l'espace vital allemand.*

J'apprends (dans *Heydrichs Elite*, de Jens Banach) que des camps de formation pour commandants SS étaient disséminés dans différents endroits en Allemagne, mais qu'il y en avait aussi à la Reichsschule der Sicherheitspolizei und des SD à Prague. Pour accéder au grade de commandant, les membres de la police de sûreté et du SD étaient mis à l'épreuve dans un de ces camps SS. Il est donc possible qu'en 1943 mon grand-père ait été en train de monter en grade dans son organisation d'élite.

Parce que je voudrais être sûre que ni la honte ni la tentation de la vengeance ne viennent déformer l'image que je me fais de cet homme, j'interroge à son sujet l'historien Walter Pehle, en lui communiquant les éléments les plus importants qui sont maintenant en ma possession. Je mentionne aussi l'élégante villa Klasing dans la Grünstraße, siège du Sicherheitsdienst de la SS, où la famille habitait pendant les dernières années de guerre. Pehle me répond que, considérant tout cela, mon grand-père était *mouillé jusqu'à l'os*. Dans son dernier message, il m'écrit : *Chère Madame, je ne me ferais désormais plus d'illusions concernant votre grand-père.*

Je ne savais pas que je me faisais encore des illusions. C'était pourtant le cas.

Les assassins les plus froids ne doivent-ils pas supporter le regard de leurs victimes bien au-delà de la mort de cellesci ? Leur vie durant, les tortionnaires ne portent-ils pas en eux les images des supplices qu'ils ont fait subir ? L'indicateur ne se salit ni les mains ni la mémoire. Il se salit la langue. Il ne se la coupe pas. Il continue d'ouvrir la bouche. Désormais, il dit des prières.

Mais ne suis-je pas moi-même une délatrice si, en exposant toutes ces pièces au grand jour, je cloue au pilori un homme qui m'est un parfait – un bien imparfait – étranger et que je ne connais qu'à travers ce qui transparaît de lui dans ces dossiers, comme si j'étais appelée à le juger ? C'est possible. Mais je jure que si j'avais eu vent d'une quelconque manifestation de honte ou de sincérité chez lui, si tenue et furtive fût-elle, si j'avais trouvé le moindre signe d'une conscience tourmentée dans un écrit ou dans une conversation qui m'aurait été rapportée – je jure que je n'aurais troublé ni la tranquillité de mon vieux père ni la mienne.

Ce qui, aux yeux de l'historien Walter Pehle, paraît caractériser et incriminer cet homme plus que tout le reste, c'est l'appartement de la Grünstraße. Mes pensées se tournent vers un des frères de mon père, Ludwig, qui, à l'âge de sept ou huit ans, habitait dans cette villa avec ses parents tandis que son frère aîné était déjà mobilisé. Et, comme s'il avait senti que je pensais à lui, cet oncle, qui vit à Londres, m'écrit ces jours-ci pour la première fois depuis longtemps. Sans que je lui aie rien demandé, il m'envoie une photo sur laquelle il vient de tomber en fouillant dans de vieux papiers ; la photo montre la femme de mon grand-père, l'indic. Du coup, je lui demande d'autres photos, je lui pose des questions. Je fais l'innocente. Suis-je donc coupable ? Est-ce que je manipule cet oncle ? Sans doute. Il me décrit volontiers ce dont il se souvient, m'envoie d'autres photos de famille. J'agrandis mon grand-père jusqu'à ce que son visage ait atteint la taille d'un visage. Il est en face de moi, à quelques centimètres. Je l'agrandis jusqu'à ne plus rien voir, jusqu'à ce qu'il se perde dans le flou.

L'envoi suivant de mon oncle contient deux photos : l'une, prise au début des années vingt dans un jardin, montre Sanderling peu avant sa mort. Les branchages derrière ses épaules sont des drôles d'ailes qui lui poussent. Son regard est dirigé sur le côté, vers un lointain profond, mais il est si grave, si calme et si pénétrant que le spectateur se sent regardé par ce profil.

L'autre photo est prise au mariage d'un cousin, dans les années quarante. Devant la mariée, qui n'est plus très jeune, le voile forme une grande flaque blanche, comme si la robe était en train de fondre sans que personne y prête attention. Les mariés et les invités qui les entourent regardent l'objectif, certains en souriant, d'autres en prenant un air important. Plusieurs hommes, dont le marié, portent un uniforme d'officier, les plus âgés sont couverts de médailles, le marié arbore l'insigne du parti. Au deuxième rang, j'aperçois ma grand-mère ; derrière elle, accrochés au mur, Goebbels et Göring se regardent en chiens de faïence.

Je demande à Ludwig s'il a des souvenirs de la villa Klasing. Il se souvient qu'ils saluaient les gardes en uniforme postés en bas par le salut hitlérien, *mais en pliant le bras, comme le faisaient les gros bonnets.* J'ignorais jusqu'ici qu'il y avait des gens, en dehors de Chaplin et de son modèle, qui ne tendaient pas le bras en saluant. Ce souvenir montre en tout cas que les enfants avaient le sentiment de faire partie des gros bonnets, avec leur famille.

Une fois, en jouant, son frère jumeau et lui avaient piétiné les crocus dans le jardin, ou plutôt le parc, de la villa, m'écrit-il, et ils avaient été admonestés par le chef du SD. Un, deux, trois, et les belles fleurs ne sont plus là, avait dit le chef.

Et Ludwig ajoute que son père s'était trouvé une fois dos à dos avec Himmler, dans une réception. C'est la seule chose qu'il lui ait racontée de cette époque.

Dos à dos. Pourquoi mon grand-père a-t-il livré justement cet épisode-là ? Pendant tout le temps qu'il était là, à bavarder, son verre de champagne à la main, il a dû sentir la présence de cet homme, son supérieur le plus haut placé, pareille à un fer rouge brûlant. En même temps, il devait en être fier. Comme s'il avait tourné le dos à un tigre dans l'arène. Non, pas à un tigre. Un tigre ne tue que ce qu'il peut manger.

La fois suivante où je la vois, je montre à Cécile les papiers que j'ai accumulés et nous les parcourons ensemble. Pour elle, l'essentiel n'est pas ce qui ressort de mes recherches, mais que je les aie faites. Qu'on cherche à savoir, qu'on ne reste pas dans le confort de l'ignorance. Qu'on ne soit pas inerte, indifférent. Je constate avec étonnement qu'elle n'en attend pas davantage des Allemands que des Français, et que ces derniers ont l'air de répondre à cette attente encore plus rarement que les premiers. Je suis contente d'avoir fait ces démarches. Et, en même temps, je ne suis toujours pas sûre que je m'y serais lancée si Cécile n'avait pas été là. Sur son indication, je lis *Le Questionnaire*, best-seller d'Ernst von Salomon, de 1951, dont les nombreuses pages pourraient se résumer à cette seule question : Comment vous, Américains, qui n'avez aucune idée des souffrances que nous avons traversées, avez-vous l'aplomb d'exiger de nous de remplir un questionnaire aussi humiliant, sous prétexte que vous êtes les vainqueurs ? Le ton adopté par l'auteur est répugnant.

Cécile me demande si je raconterai à mon père ce que j'ai trouvé. Mon père est maintenant très vieux et très fragile, lui dis-je. D'ailleurs, est-ce que j'ai découvert quelque chose qu'il ne sache déjà ? Non, je ne veux pas l'inquiéter ni assombrir ses vieux jours. Justement, dit Cécile, tu n'as rien découvert de grave, ou plutôt rien de plus grave que ce qu'il savait déjà, alors tu peux quand même lui dire.

Je persiste à ne pas vouloir lui en parler. Si je le faisais, il n'apprendrait certes rien de bien nouveau sur son père, mais il en apprendrait de belles sur sa fille, qui a fouillé derrière son dos dans le passé familial, qui n'a pas tenu compte de ses craintes. Et qui est même prête à les rendre publiques. Car c'est finalement ce que j'ai décidé.

Bien qu'elle n'exprime rien de tel, j'ai l'impression que Cécile est déçue par mon refus, qu'elle y voit peut-être un prolongement du long silence familial. Je crois sentir qu'à ses yeux je n'aurai fait que la moitié du chemin si je ne parle pas à mon père de mes recherches. Mais peut-être est-ce une chose que j'imagine. Elle comprend bien mon désir de ménager mon vieux père. Et, comme moi, elle voit ce qu'il y a de contradictoire dans son attitude : d'un côté, le long silence qui s'est prolongé jusqu'après la disparition de son père l'accable ; de l'autre côté, il aimerait bien qu'on continue à se taire et que personne ne sache jamais rien des raisons de ce silence. S'il doit être rompu, alors que ce soit à l'intérieur de la famille. Par lui-même. Mais il y a une différence entre rompre le silence et vouloir savoir.

La seule chose qui l'intéresserait, qu'il aimerait bien pouvoir lire, mais il n'en restait sûrement aucune trace, m'avait-il dit un jour, c'étaient les comptes rendus des livres d'Ernst Jünger que son père avait rédigés pour le SD. Dans cette affirmation, j'avais entendu pas mal de choses que mon père n'avait pas dites. J'avais entendu : Le pire de ce dont mon père s'est rendu coupable aura été de faire des comptes rendus de livres soupçonnés d'être hostiles au mouvement, de corrompre le peuple et de véhiculer des idées considérées comme nuisibles. J'avais entendu : Il y avait des gens, à cette époque de terreur, qui tuaient et torturaient, qui entassaient des êtres humains dans des wagons à bestiaux et construisaient des rampes afin de pouvoir mieux les trier et les assassiner. Puis il y avait ceux qui étaient occupés de choses de l'esprit. Qui, enfermés dans leur bibliothèque, passaient leur temps à lire. C'est de ces derniers que faisait partie mon père.

La pensée qu'un homme du rang de son père, qu'un Rang, donc, se soit laissé entraîner à une forme quelconque de brutalité physique, ne serait-ce qu'à casser des vitres, par exemple, était pour lui au-delà du possible. Et pour moi aussi, qui pourtant n'ai pas connu cet homme et qui n'ai reçu de lui que la brutalité incomparablement moindre du rejet, cette pensée est difficile à concevoir. Car, ne l'ayant jamais vu et sachant peu de chose de lui, je m'imagine ce grand-père né dans l'avant-dernier siècle comme une version plus digne, plus raide, plus vieillotte de mon père. Me représenter mon père en train de brutaliser ou de tuer quelqu'un, voilà qui, en effet, m'est impossible. Mais n'est-ce pas le cas également de ceux dont les pères sont réellement des assassins ?

Un ami des livres, voilà donc ce qu'il a été, ce grand-père. D'autres ont tué ; lui lisait. Mais qu'a-t-il tiré de ces lectures ? Ont-elles formé son âme et aiguisé son esprit, l'ont-elles rendu plus réceptif, plus ouvert ? Qu'ont été les livres pour lui ?

J'ouvre le seul ouvrage publié par lui qui soit en ma possession. Paru en 1954, il est dédié à son fils aîné, mon père, et intitulé *Le Roman*. Le premier chapitre de ce long traité sur la forme romanesque commence ainsi : *Qu'est-ce qu'un roman ? Voilà une question qui paraît simple. Mais derrière l'apparemment simple se cachent souvent le compliqué et le difficile, et même l'insaisissable.* À cet endroit, je suis déjà tentée de refermer le livre. Non seulement je ne comprends pas qu'un livre sérieux, se voulant sérieux en tout cas, puisse débuter par de tels lieux communs mais, en plus, je sens derrière ces quelques phrases brèves un homme contraint de gonfler le néant de sa pensée, ou disons son indigence, parce qu'elle est censée remplir les trois cents pages à venir. Mais je continue ma lecture. Et j'arrive tant bien que mal jusqu'à la page 14 et à la phrase suivante : *Dans l'œuvre d'art véritable, la forme et le contenu ne peuvent pas être séparés.* Je m'étonne de voir qu'une évidence que j'ai saisie à l'âge de quatorze ans au plus tard soit claironnée ici, dans un livre pour adultes, comme s'il s'agissait d'une découverte. Et il poursuit : *Peut-être nous approcherons-nous d'une meilleure compréhension du roman comme forme d'art et comme genre si nous nous posons la question de ses contenus.*

Je ne peux pas continuer. Ici, quelqu'un n'a pas compris lui-même l'évidence qu'il vient d'énoncer. Je me contente de feuilleter les deux cent quatre-vingt-cinq pages qui restent. À deux reprises, j'entraperçois le nom d'Ernst Jünger. Le travail « à titre honorifique » pour le Sicherheitsdienst de la SS a donc été bon à quelque chose, finalement. Certains de ces déchets ont pu être recyclés.

Peut-être cet homme censé avoir été mon grand-père était-il tout simplement bête ? Pour la première fois, cette pensée irrespectueuse me traverse l'esprit. Non pas de cette sorte de bêtise qu'on attribue généralement aux gens « simples », non instruits. Mais de cette bêtise grandiloquente et sûre d'elle-même des instruits qui à aucun moment n'envisagent l'éventualité de leur propre étroitesse d'esprit.

Après la guerre, il devint pieux.

Tout commence par un court-circuit.

Lorsqu'à Berlin, dans les archives, j'ai lu le long passage où Sanderling raconte sa visite dans l'asile d'aliénés, j'ai cru voir tout à coup une fissure dans le mur du temps qui me sépare de lui et, derrière ce mur, un sentier prenant son départ là-bas, très loin, où il se tient, et menant tout droit jusqu'à moi. Une illusion d'optique, sans doute. Mais je ne sais pas comment j'aurais pu comprendre autrement ce récit, dans un premier temps. J'avais en tête l'énigme qui nous a été posée, à mon père et à moi : comment est-il possible que le fils d'un Sanderling, d'un homme, donc, qui avait été entouré d'amis juifs qu'il voyait comme des frères aînés du chrétien qu'il était, comment est-il possible que le fils d'un tel homme soit devenu nazi ? La voilà donc, l'explication, avais-je pensé. *Des personnes saines donnaient leur force de travail en échange d'argent pour conserver la vie à ces êtres incapables de travailler et de vivre au sens élevé du mot, des êtres dont les proches ne supportaient pas la présence près d'eux et que nous étions tous trop lâches pour éradiquer de la terre.* Les fous, les égarés, les êtres inaptes au travail n'ont-ils pas été les premiers à être tués, quelques décennies plus tard, avant même les Juifs ? Le gaz mortel n'a-t-il pas été testé sur eux, d'abord dans des camions, puis dans de prétendues salles de douche ? *Pourquoi n'empoisonnez-vous pas ces gens ?* Comment interpréter ces phrases, sinon comme un signe avant-coureur ?

Le *Règlement de comptes avec Dieu* qui couvait en Sanderling entre 1903 et 1919, et dont est tiré le récit de sa visite à l'asile de fous, inclut un règlement de comptes avec le christianisme et sa miséricorde décrétée, que Sanderling jugeait lâche et hypocrite. Il avait lu Nietzsche. Peut-être était-il tombé sur des phrases comme celles-ci : *Périssent les faibles et les ratés : premier principe de notre amour des hommes. Et qu'on les aide encore à disparaître !* Mais ce qu'il n'a pas lu, c'est le discours que Walter Groß, chef du service d'information chargé de la politique de population et d'amélioration raciale, allait tenir le 1er septembre 1933 à Nuremberg, et dans lequel il dit : *Nous avons tous vu avec effroi que l'État et la société, mus par la pitié et la miséricorde, investissaient des moyens pour la sauvegarde de criminels, d'aliénés et d'idiots, et qu'ils dépensaient à cette fin des millions et des millions, tandis que le fils du peuple, simple et sain, avait à peine de quoi se payer un morceau de pain sec.* Il ne l'a pas lu ni entendu pour la bonne raison que, à ce moment-là, il était déjà mort depuis une petite dizaine d'années. Si bien qu'il n'a pas su non plus avec quelle rapidité la vraie ou fausse miséricorde de l'Église, surtout de la sienne, protestante, allait se changer en vraie cruauté. Il ne saura pas que justement la Innere Mission, dont il avait été proche, collaborera sans rechigner au meurtre de ses protégés. Et il n'entendra pas non plus un autre discours, prononcé dès 1933 par Karl Todt, le directeur de la maison d'éducation et de soins Scheuern, une institution de la Mission intérieure : *Nous qui sur ordre du Seigneur travaillons depuis quatre-vingt-trois ans au service des enfants débiles et épileptiques, avec quelle joie nous saluons les mesures pour l'amélioration de la race prises par notre Führer, qui amorcent la lutte contre les racines du mal.* Karl Todt – à ne pas confondre avec le Fritz Todt de l'organisation du même nom – était l'homme qui transforma l'institution de soins chrétienne qu'il présidait en fournisseur de chair fraîche pour l'institution meurtrière de Hadamar à proximité.

Tout cela, qui est resté caché à Sanderling et que dans ses pires cauchemars il n'aurait pu voir, surgit maintenant devant mes yeux avec une apparente netteté. Mais ce lien que j'établis n'est-il pas beaucoup trop net pour être vrai ? Est-ce vraiment si simple ? Un chemin parfaitement droit, ou peut-être serpentin, mènerait-il donc des anciens Grecs jusqu'à moi, en passant par Sanderling ? L'unique sentier visible, n'est-ce pas mon regard en arrière qui l'a engendré ? Pour y croire, il faut que j'ignore le petit signe – le récit de la visite à l'asile de fous, que j'ai extrait de la multitude d'écrits où il était perdu. Car cet extrait tend à montrer le contraire. Je ne peux pas l'ignorer, mais je me méfie de ce signe qui prétend jeter un pont là où il n'y a peut-être pas de passage possible.

Je lis et je lis, dans l'espoir, lorsque j'aurai assez lu, de ne plus rien comprendre.

Furieusement, je travaille à saper les apparentes évidences. Je renâcle à réduire mes découvertes à des causes et des effets ; à penser en notions plutôt qu'avec de simples mots. C'est en zigzaguant dans des contradictions que j'avance lorsque me parvient une lettre étrange, un envoi venant de Suisse que je trouve un matin dans ma boîte aux lettres. C'est ma maison d'édition qui m'a fait suivre cette enveloppe jaune safran sur le dos de laquelle, au lieu du nom de l'expéditeur, sont inscrites treize fois les mêmes initiales. Comme si quelqu'un avait paraphé avec fermeté un contrat ou un décret de loi. L'enveloppe contient quatre dossiers dans des chemises en plastique transparentes ; dedans, un paquet de feuilles manuscrites, de longues lettres rédigées dans un allemand soigné dont les deux premières me sont adressées, les autres se révélant être des copies de lettres adressées au tribunal cantonal de Zurich et à un hôpital suisse. Ce que j'ai en main est une lettre de lectrice envoyée depuis un centre de soins helvétique. Je commence à lire. Dès le premier feuillet, je me sens mal à l'aise. *Votre livre est assurément un hit !* écrit la femme. Elle veut parler d'un de mes premiers livres, qui m'est devenu étranger. Aussitôt après, elle commence à médire du peuple juif, de Caïn, d'Abel et d'Abraham. Très vite, je comprends que quelque chose ne tourne pas rond chez cette femme. Et pourtant je ne suis pas préparée à la phrase sur laquelle je tombe au troisième feuillet : *Votre livre ne fait que me confirmer, en complément à la Bible, que les Juifs sont restés jusqu'à nos jours le peuple le plus dénué de caractère et le plus infâme de la terre.* La lettre se termine par ces mots : *Aussi nul non-Juif, nulle non-Juive ne devrait adorer le fils d'une Juive comme un Dieu ! Meilleures salutations.*

J'hésite entre le rire et l'effroi, mais l'effroi l'emporte, d'autant que je me vois entraînée malgré moi dans ce délire. Je relis la lettre. Ce qui est rassurant – si l'on veut –, c'est que ce n'est pas seulement mon livre que la femme considère comme un pamphlet antisémite la confortant dans ses convictions, mais la Bible également. Elle est donc complètement folle, et son centre de soins n'est sans doute pas une maison de convalescence mais une clinique psychiatrique.

Je continue à lire. Le deuxième dossier contient des copies de plusieurs lettres parsemées de citations bibliques en hébreu, adressées à une autre maison d'édition dont une des publications semble également avoir été conforme à sa vision du monde (*un hit !*, là aussi). Suit sa correspondance avec le tribunal de Zurich et d'autres instances, documentant son rejet du diagnostic de schizophrénie dont elle a fait l'objet, et la plainte pour diffamation qu'elle a déposée à l'encontre de son médecin.

Tout cela est triste, mais ne me regarde en rien, me dis-je. Plutôt, c'est ce que j'essaie de me dire. Mais pourquoi les diatribes de cette femme ont-elles atterri dans ma boîte aux lettres ? Et justement ces jours-ci ?

Je continue à lire.

Dans un envoi adressé à la Fédération des médecins suisses, la femme déclare n'avoir d'autre but que de suivre la loi mosaïque, et avoir appris spécialement l'hébreu dans ce but. Elle précise que c'est pour cette raison qu'elle est irrévocablement jugée schizophrène depuis vingt-cinq ans, exclue de la communauté citoyenne, mise sous tutelle et enfermée dans un établissement d'État, ce qui équivaut d'après elle à la peine de mort. *Les psychiatres manquent de discernement, ils ne voient pas qu'un patient a le droit à son propre système de valeurs au même titre que le psychiatre.* Elle n'écrit pas pourquoi elle tient absolument à suivre la loi mosaïque alors qu'elle pense tant de mal du peuple juif. Sa correspondance ne permet pas non plus de savoir pourquoi elle est enfermée, autrement dit, dans quelle mesure elle représente un danger pour elle-même ou pour d'autres.

Je ne sais plus où j'en suis. Comme à mon habitude, je crois que les choses ont une signification et que c'est justement à moi qu'il incombe de trouver laquelle. J'enrage d'impuissance. Bien sûr, je ne répondrai pas à cette femme. Mon regard tombe sur la copie d'une lettre de réponse qu'elle a reçue d'une administration helvétique : *Nous nous référons à votre lettre du… accompagnée de diverses pièces jointes non numérotées. Malheureusement, votre cas ne concerne pas notre service, bien qu'on vous ait adressée à nous.* Quelles veinardes, ces administrations !

De ces lettres aussi je parle à Cécile. Je lui cite la phrase qui a causé mon effroi (*Votre livre ne fait que me confirmer…*), en me demandant si elle la fera rire ou si elle me rendra suspecte à ses yeux, mais elle rit un peu, et moi aussi, du coup, et ce petit rire partagé me fait du bien. Elle me demande ce que j'ai l'intention d'en faire, maintenant, de ces lettres. Je dis que je ne le sais pas, mais que cet envoi postal m'a l'air d'avoir un lien direct avec ce qui me préoccupe ces derniers temps. Elle me répond qu'elle est superstitieuse et qu'à ma place elle jetterait ou détruirait ce courrier tout de suite. Elle n'aimerait pas avoir une telle lettre à proximité. Je la comprends. Mais je veux relire encore une fois ces dossiers de plus près ; pour l'instant, je n'ai fait que les survoler.

Et maintenant les voilà qui s'entassent avec d'autres papiers à côté de mon bureau, par terre, sur une des piles de livres et de documents qui ont de près ou de loin à voir avec ce qui ne me sort plus de l'esprit dernièrement. De plus en plus souvent, il me semble que tout y a trait, si bien que les piles ne cessent de grandir. Cette lettre me portera-t-elle malheur, comme Cécile avait l'air de le craindre ? Sur la même pile se trouve le film *Shoah* que je n'ai jamais vu en entier, et dont je suis décidée à regarder les cinq cent cinquante minutes dès que j'en trouverai le courage. Mon regard tombe sur le dos de l'emballage et sur le texte de présentation qui ne figure qu'en langue néerlandaise

– apparemment, les DVD ont été fabriqués aux Pays-Bas. Je lis : *Shoah is een magische film over de meest barbaarse daad van de 20e eeuw.* Il est aussi *een meesterwerk* et *een schokkende film.*

La pensée me vient tout à coup que la femme qui m'a adressé cette lettre, si elle n'avait pas vécu dans une clinique psychiatrique suisse mais dans un asile de fous allemand ou polonais, aurait sans doute fait partie des premiers à qui l'on accordait le « coup de grâce ». Elle aurait donc été assassinée avant même ces Juifs qu'elle hait et rejette avec tant de ténacité. Peut-être est-ce pour cela que je crois, sans être moins superstitieuse que Cécile, que je peux garder sa lettre près de mon bureau ; qu'elle ne me portera pas malheur.

Peut-être ne porte-t-elle pas malheur mais juste un peu de malchance ? À moins que ce ne soit une chance. À peine me suis-je résolue à accepter l'aide de la Fondation Robert-Bosch si jamais elle m'était accordée que je reçois leur lettre de refus. Entre-temps, j'ai acheté un livre intitulé *Schémas de la mémoire. Les Polonaises prisonnières d'un camp de concentration caché dans une usine Bosch.* J'y ai lu que le camp de concentration Kleinmachnow, qui appartenait à l'usine – située dans une banlieue de Berlin, non loin du Wannsee –, se trouvait en bordure du terrain, et que les prisonniers, qui étaient des prisonnières, n'entraient donc guère en contact avec les autres travailleurs forcés. Elles devaient travailler douze heures par jour, en équipes de jour et de nuit, surveillées par des gardiennes SS. Elles étaient logées sous une immense halle d'usine, dans une cave où l'eau coulait le long des murs. On leur donnait un peu plus à manger qu'à

Ravensbrück, là où elles étaient auparavant. Le chiffre d'affaires de Dreilinden, la filiale de Bosch à Kleinmachnow qui fournissait l'armée de l'air, est passé entre 1938 et 1942 de 700 000 Reichsmark à 33 millions. J'ai appris enfin dans ce livre que l'entreprise Bosch a fini très tardivement par verser dans le Fonds d'indemnisation de l'économie allemande un dédommagement au-dessus du minimum obligatoire.

Alors tout va bien ?

J'ai lu aussi la préface du livre, rédigée par Ise Bosch, petite-fille de Robert Bosch. Elle y donne un résumé de ce qui sera développé plus loin dans l'ouvrage : l'emprisonnement en camp de concentration par Bosch, la marche de la mort à la fin, puis le refus *du côté allemand*, c'est-à-dire du côté de l'entreprise, de reconnaître les crimes commis. Elle écrit tout cela exactement comme n'importe qui ne portant pas le nom de Bosch aurait pu le faire. Comme si elle n'avait rien à voir avec tout ça. Seuls son nom et, à un endroit, les mots *du vivant de mon grand-père* indiquent qu'elle a un lien avec ce qui s'est passé.

Mais a-t-elle donc vraiment quelque chose à voir avec tout cela ? Ce point de vue n'est-il pas précisément ce que mon compagnon de voyage dans le train, l'autre jour, trouvait inadmissible, à savoir qu'on puisse étendre la responsabilité d'un crime à tous les membres de la famille ?

Pourtant, Ise Bosch semble avoir conscience qu'elle a à faire avec « ça » puisqu'elle a créé une fondation d'utilité publique qu'elle a appelée Dreilinden. Le site web de la fondation n'explique pas à quoi se réfère ce nom. On peut y lire que *Dreilinden soutient des femmes, des jeunes filles et des êtres humains dont l'orientation et l'identité sexuelles ne correspondent pas aux normes de la société.* Les femmes et les jeunes filles ne seraient-elles pas des êtres humains ? Il semble au contraire qu'elles soient de meilleurs êtres humains, ou en tout cas les êtres humains que préfère la fondation. L'utilisation du nom de Dreilinden pour une œuvre de bienfaisance m'indispose, non, me met en colère. C'est le nom d'une usine d'armement avec camp de concentration intégré. Aurait-on idée de nommer Buchenwald une quelconque association de bienfaisance ?

Ise Bosch a par ailleurs fondé un réseau d'héritières. Beaucoup de questions se posent aux héritières qui ne se posent pas aux pauvres diables : Comment investir son argent ? Comment agir vis-à-vis des banques ? Comment aider les pauvres diables avec ce qu'on a en trop ? La question Faut-il accepter un patrimoine accumulé grâce à la main-d'œuvre de travailleurs forcés et de prisonniers de camp de concentration ? n'y est pas posée. C'est bien la question que je me suis posée en tant que candidate à une bourse de la Fondation Robert-Bosch.

On dirait que j'ai eu de la chance, cette fois-ci. Ma candidature n'a pas été retenue. Dans le cas contraire, j'aurais certainement accepté l'argent, comme Ise Bosch l'a fait. Je songe à faire précéder mon livre de la mention : L'auteur remercie la Fondation Robert-Bosch de ne pas lui avoir apporté son soutien.

C'est curieux : depuis que j'ai commencé ce voyage qui doit me mener vers mon arrière-grand-père, les monts géants ne cessent de grandir entre nous et m'empêchent de l'approcher. Je suis en chemin ! voudrais-je lui crier. J'arrive !

Ce ne sont pas des montagnes qu'on puisse franchir. Il y a bien des moments où elles sont hors de vue, mais elles réapparaissent aussitôt. Elles s'élèvent là où, l'instant d'avant, s'étendait la plaine. La mer. Me revient en mémoire un soir, il n y a pas si longtemps, mais avant le début de mon voyage dans le passé. Je me trouvais dans une cabane au bord de la mer, dans cette même Normandie où, depuis des mois maintenant, je suis en train de lire et d'écrire. Dans la cabane, il y a un service de restauration. Moules-frites, crêpes, vin blanc. Le dimanche soir, un vieil Irlandais vient y jouer du piano (l'Irlande n'est pas si loin). Ce soir-là, il jouait son mélange habituel de vieux tubes, de chansons de Piaf ou d'Aznavour, de musique de piano-bar. Je regardais l'eau qui s'était retirée au loin mais qui renvoyait encore l'éclat du soleil, disparu derrière le transformateur qui, de ce côté-là, bouche la vue. Je fredonnais la mélodie que l'Irlandais était en train de jouer en me demandant d'où je la connaissais, mais en pensée j'étais ailleurs. Elle m'était familière, pourtant, cette mélodie, et je mettais du sentiment dans mon fredonnement, qui était heureusement couvert par la musique et par le bruit des conversations et des assiettes entrechoquées. Puis l'Irlandais a fait une pause et rejoint la longue tablée où j'avais pris place avec d'autres clients (dans la cabane, le public se mélange facilement). Il nous a demandé en riant si nous savions ce qu'il venait de jouer. Nous ne le savions pas. Il a ri de nouveau et, dans son français sans contours, comme dilué dans du scotch, il a dit : C'était le « Horst-Wessel-Lied ».

Le chant de la SA. Comment en avais-je pu arriver à fredonner cet air ? L'Allemagne, dans ces instants-là, était aussi loin de moi que le passé. La mélodie m'était familière, bien qu'on ne l'entende jamais nulle part. Je me rappelais même des fragments du texte, maintenant : *Le drapeau haut / Les rangs bien serrés / La SA défile / D'un pas calme et courageux.*

Était-ce donc si facile ? Pouvait-on sans s'en apercevoir être entraîné dans quelque chose qu'on avait en horreur ? Il fallait être vigilant, se méfier de ses propres impulsions. J'ai pensé aux larmes qui me montent aux yeux contre mon gré lorsque j'entends une certaine sorte de chants marins, ou de marches, ou certains hymnes nationaux, lors des championnats de football, par exemple. Pouvait-on s'entraîner à se laisser émouvoir seulement à l'écoute de chants de partisans et non quand résonnent des chants fascistes ou des hymnes nazis ? Les rythmes et les mélodies n'avaient-ils pas une troublante ressemblance ? La mélodie du « Horst-Wessel-Lied », par exemple, date du XIXe siècle. La chanter (ou la fredonner, je suppose) de nos jours est tout aussi interdit que d'en diffuser les paroles. Je m'étais fait piéger. Faible consolation : je n'avais pas eu la larme à l'œil.

Avais-je besoin de davantage de justification encore ? Car je me suis souvenue, à ce moment-là, de ce passage de *La Grande Illusion* de Jean Renoir où, en plein milieu d'un show de travestis organisé pour passer le temps, les prisonniers de guerre français entonnent « La Marseillaise ». Une situation où l'émotion est autorisée ?

Je voudrais revenir à Sanderling, revenir plus en arrière dans le temps – mais est-ce bien un mouvement en arrière ou un mouvement en avant ? *Nous ne savons du passé que notre passé ; nous ne comprenons de ce qui fut que ce qui nous concerne aujourd'hui ; nous ne comprenons ce qui fut que selon notre manière d'être ; nous le comprenons comme notre chemin. Cela signifie, autrement dit, que le passé n'est pas quelque chose d'achevé, mais qu'il est en devenir. Il n'y a que du chemin pour nous, que de l'avenir ; le passé aussi est un avenir qui se crée comme nous avançons, qui change, qui aura été autrement.* Et : *Le passé qui est vivant en nous se précipite à chaque instant dans l'avenir, il est mouvement, il est chemin. L'autre passé, celui vers lequel nous nous retournons, que nous reconstruisons à partir de vestiges, que nous narrons à nos enfants, et qui nous a été transmis sous forme de récit ancestral, ce passé-là a l'apparence de la rigidité et, comme il est devenu image et qu'il n'est plus réalité, il ne peut pas se transformer perpétuellement.*

J'ai réfléchi à différentes conceptions de l'Histoire, sans parvenir à faire entrer ce que je pense et ressens dans aucun de ces modèles. Mais dans ces phrases de Gustav Landauer je sens une vérité. Je les comprends ainsi (c'est-à-dire sans doute mal) : nous regardons en arrière et ne voyons rien de passé. Nous ne pouvons nous empêcher de revenir en arrière, de vouloir reconstruire, d'imaginer. Mais nous avons beau tendre de toutes nos forces vers ce qui est révolu ; à la fin, que nous le voulions ou non, nous poussons le passé devant nous. Les deux passés – le passé figé, inaccessible, et le passé-futur qui est toujours en mouvement – sont deux illusions parallèles qui ne pourraient exister l'une sans l'autre.

En 1914, Gustav Landauer faisait partie d'une *communauté pneumatique*. *Pneumos* : souffle, esprit. Cent ans plus tard, le pneumatique n'est plus qu'une affaire d'air comprimé. De la société pneumatique de l'année 1914, un de ses membres, Martin Buber, écrivit qu'elle s'était proposé de *faire sortir le monde de ses gonds*. Le poète Theodor Däubler, Erich Gutkind et Sanderling en faisaient partie, eux aussi. Au total, ils étaient huit. La petite communauté ne s'est réunie qu'une seule fois. Le caractère utopique de ce rassemblement est manifeste involontairement jusque dans le nom, le *Cercle de Forte*, sous lequel le groupe est toujours plus ou moins inconnu aujourd'hui. Car c'est à Forte dei Marmi, sur la côte ligure, que devait se tenir la deuxième rencontre qui n'aura jamais lieu. Le groupe porte le nom d'un lieu que la plupart des membres de la petite communauté n'auront jamais vu. Il symbolise une aspiration, quelque chose de jamais atteint. La Première Guerre mondiale est venue y couper court.

À ce deuxième rassemblement utopique devaient être conviés, outre ceux qui étaient déjà présents au premier : Upton Sinclair, Ezra Pound, Rabindranath Tagore, Romain Rolland et Rilke. Même un Chinois se trouvait sur la liste des invités. Non pas l'empereur de Chine, qui venait d'être contraint à abdiquer, mais le premier président de la République chinoise, Sun Yat-sen.

Comment mon arrière-grand-père avait-il atterri là-dedans ? Un mégalomane perdu chez les grands hommes ?

Voilà quelqu'un qui a publié un essai sur *Don Quichotte* et un autre sur Kleist dans les *Annales prussiennes* et qui, maintenant, est prêt à sortir le monde de ses gonds en compagnie de Pound, de Buber et de Tagore.

Quelques années plus tard, Benjamin s'agacera de l'assurance de son ami Sanderling, de *son ton péremptoire, tout bonnement dictatorial ou imposant*. Mais qui prendrait un tel ton, sinon quelqu'un de profondément inquiet et désemparé ? Et qui, sinon un homme profondément ébranlé et cachant son désarroi par une assurance excessive, aurait l'idée de vouloir sortir le monde de ses gonds ?

Parmi les huit membres du cercle, il y a cinq Allemands, dont trois Juifs. Sanderling, le Germain, trouve qu'il y en a trop, proportionnellement. En me représentant la scène, j'essaie d'oublier les monts géants, de les repousser hors de mon champ de vision. Sanderling n'a pas besoin d'oublier quoi que ce soit ; il fait cette objection plus ou moins innocemment, et il recevra la grâce d'une mort précoce. Buber le contredit, bien que *des considérations semblables* ne lui soient pas *étrangères*. Sa barbe est encore foncée, peut-être parsemée de fils clairs ; comme un voile, elle lui cache toute la moitié inférieure du visage et attire l'attention de son vis-à-vis sur ses yeux, son front. Les deux hommes se font face.

Dans cette passe d'armes verbale, que j'imagine non pas excitée mais plutôt grave et tendue, chacun incarne sa religion. De cette lutte entre christianisme et judaïsme, nul n'est sorti vainqueur. Sanderling parle d'une caractéristique juive consistant à *ne pouvoir percevoir la réalité profonde qu'à travers l'intelligence, sans la ressentir tout à fait*, comme seuls les chrétiens, d'après lui, savent le faire. Inversement, Buber croit, en tant que Juif, en savoir plus qu'un chrétien : *Je ne sais plus par quel biais nous en sommes venus alors à Jésus et au fait que nous, les Juifs, le connaissons de l'intérieur, dans les motivations et les sentiments de son être judaïque qui demeure inaccessible aux peuples qui lui sont soumis. « D'une manière qui vous demeure inaccessible » – voilà comment je m'adressai directement à l'ancien pasteur. Il se leva, je me levai moi aussi, nous nous regardâmes dans le cœur des yeux. « C'est enseveli », dit-il, et, devant tous les autres, nous nous donnâmes le baiser fraternel.*

Chez les deux, chez le Juif et chez le chrétien, un sentiment de différence et de supériorité, mais qui tombe – qui est *enseveli*. À la fin, ce sont deux êtres humains qui se font face.

Je sens la gravité de ce moment, l'intensité de cette rencontre. Il m'est impossible de me représenter Sanderling autrement que grave, intense. Sans doute lui arrivait-il de rire, de temps en temps. Mais c'est un être profondément sérieux, passionné, qui me regarde du fond du passé.

Le contraire du rire, tel que nous le connaissons aujourd'hui, ce ne sont pas les pleurs ; c'est la passion. Le seul rire auquel Sanderling prête attention est un rire passionné au point d'être effrayant : *Appliquons notre oreille au sol, écoutons gronder le fleuve incandescent de la passion : alors, dans son mugissement, nous percevrons un choc, un spasme, une clameur – un rire atroce : la percée de l'humaine dérision.*

C'est le rire du carnaval. Celui qui associerait au carnaval amusement, mascarade et confettis serait très loin, et même à l'exact opposé, de ce que Sanderling évoque dans son livre *Psychologie historique du carnaval*, le seul de ses ouvrages encore disponible aujourd'hui, et même traduit en français. Le carnaval dont il est question chez lui, le culte de Dionysos, a plus à voir avec la tragédie qu'avec une forme quelconque de bouffonnerie ou de gaieté. Ici, on s'adonne à une *soif de sang cannibale*. Des femmes déchirent avec leurs dents la chair d'animaux sacrificiels – un taureau, le plus souvent, qui représente le dieu Dionysos lui-même. Des mères déchiquettent membre par membre de jeunes enfants et les mangent. Voilà le rire qui fascinait Sanderling ! Un rire effrayant, bestial, raillant toute humanité et Dieu lui-même. *Montrant les dents aux dieux, l'homme hilare commet le déicide.*

Je lis ce livre avec étonnement, parfois avec effroi. Jusqu'à un certain point, j'arrive à suivre son auteur. Par exemple, lorsqu'il voit dans l'histoire du rire l'*histoire d'une inoffensivité croissante*. Je me rends bien compte combien le rire que nous appelons aujourd'hui « subversif » est inoffensif, en réalité, comparé au rire barbare, fou, des Babyloniens qu'il décrit. L'aspiration à l'ivresse, à l'anarchie, à la transgression des limites, le rejet de la raison et du scepticisme : je devine peut-être d'où cela pourrait venir, chez lui, mais mon effroi, ma prudence, ma lâcheté probablement – et surtout les monts géants qui s'élèvent entre nous – m'empêchent de partager sa fascination pour ce grand éclat de rire sauvage, sanglant. Car, pour lui, ce n'est pas seulement un sujet d'étude mort, situé dans un passé lointain. Assourdi pendant longtemps, le mugissement de ce *fleuve incandescent* n'a jamais cessé, écrit-il. Depuis peu, il l'entend enfler de nouveau, et devenir de plus en plus puissant.

En lisant ce petit livre écrit en 1909 et remanié après la Grande Guerre, je ne peux m'empêcher de sentir un malaise. Cette guerre-là ne sera pas encore le grand, l'ultime carnaval.

Plutôt qu'un essai historique, j'ai l'impression de lire une expertise médicale concernant l'état de la nation. La maladie (une épidémie dangereuse) n'est pas encore vraiment déclarée, mais les premiers symptômes inquiétants se font déjà sentir. Le médecin chargé du diagnostic est lui-même atteint. Et la chose la plus curieuse est qu'il semble vouloir plutôt favoriser la maladie que la combattre. Il n'en peut plus d'attendre qu'elle veuille bien se déclencher pour de bon. Cette longue phase d'incubation lui est insupportable.

*Notre entière condition semble vouloir percer, aspirer à éclore. Sommes-nous une naissance ? Sommes-nous un abcès ? Un spectre, dirait-on, s'est étendu sur nous. Notre respiration se fait haletante, contrainte, saccadée, angoissée. Nous étouffons sous la pression.* Et : *Le sang martèle nos veines, comme s'il voulait percer la peau. Les vieilles cicatrices nous élancent. C'est là, sur les anciennes failles, que l'hémorragie perce quand la fièvre nous emporte.*

L'ouvrage nous renseigne moins sur les origines du carnaval dans l'Antiquité que sur la situation en Allemagne au début du XX^e^ siècle. Comme tous les livres, il renseigne sur l'état d'esprit de son auteur. *Nous allons nous insurger un jour*, écrit-il ailleurs. *Devenir parricides. Christicides-déicides-parricides.* Par « nous », il veut dire les Allemands. Et par « Allemands », il veut dire les Prussiens. Il exhorte les Prussiens à fracasser les piliers – de quoi ? Les piliers de tout. Nous allons recommencer à zéro.

Il est sérieux.

Il a toujours été sérieux en tout ce qu'il a entrepris et exprimé.

Effroyablement sérieux.

Quand Dieu s'est retiré du monde, il a emporté le sérieux. Où le trouverait-on encore, de nos jours ? Chez des musulmans fanatiques ? Dans des sectes chrétiennes ? Chez des Juifs orthodoxes ? Faut-il saluer ou regretter sa disparition ? Faut-il la saluer *et* la déplorer ?

Quelques mois après l'échange de ce baiser fraternel entre Buber et Sanderling éclate la Première Guerre mondiale. Avec le même sérieux qu'ils ont mis à traiter les questions de religion, les deux hommes soufflent maintenant dans les trompettes guerrières.

Le monde n'a pas besoin d'eux. Il sort de ses gonds tout seul.

Je me rends à Braunfels an der Lahn, où Sanderling passe les dernières années de sa vie, à partir de 1920, dans une petite maison à pignon pointu qu'il baptise *Au fond de Dieu*. De sa vie à lui, Dieu n'est jamais sorti. À certains moments, il est devenu un *chien*, une *crapule*, un *persécuteur*. Mais il restait son Dieu. Ou bien Sanderling fulminait-il tant contre lui parce qu'il le voyait disparaître ?

Le Hecksbergweg s'appelle aujourd'hui Hecksbergstraße. Les numéros de rue ont changé. Je n'ai pas de photo de la maison, je sais juste qu'elle était modeste, qu'elle n'avait qu'un seul étage et surtout : un pignon pointu. J'en vois une ou deux qui pourraient correspondre à la description, et j'en photographie une. Aussitôt, un homme en bondit pour me demander ce que je fais là.

La maison qui pourrait bien avoir été celle de Sanderling se trouve en effet au *fond* de quelque chose, même si ce n'est plus de Dieu. Au-dessus s'élèvent le bourg et, encore au-dessus, le château. Et, encore au-dessus, il y a, ce matin-là, un chaud soleil d'été qui transforme le château en coulisse sombre d'apparence plus moyenâgeuse, dans ce contre-jour, qu'elle n'a peut-être jamais été.

Oui, cela ressemble bien à un lieu de retraite. Retraite loin du bruit des villes, loin d'un monde d'usines et de foules qui n'ont plus rien au-dessus d'eux, ni ciel, ni prince, ni empereur. Ici, on lève encore les yeux vers les trois à la fois, pourrait-on croire. Retraite dans un monde intact, regretté ? Dans le passé ? « Au fond de Dieu » désignerait-il un modeste confort pieux ? Quelque chose comme : mon petit chez-moi chrétien ? Pendant une seconde, j'ai failli y croire moi-même. N'est-ce pas en effet ce que l'expression évoque, à des oreilles modernes ? Mais non. Sanderling est aussi éloigné d'un confort quelconque, fût-il pieux, que de la planète Jupiter. Son « fond de Dieu » ne sent pas le contentement ni le renfermé. Mais alors quoi ?

*Ici, le fond de Dieu est mon fond et mon fond est le fond de Dieu. Pour celui qui a jamais jeté un instant un regard sur ce fond, pour cet homme mille Reichsmark d'or rouge frappé sont comme un faux heller. C'est à partir de ce fond le plus intime que tu dois opérer toutes tes œuvres, sans « pourquoi ».*

L'homme qui a traduit en allemand moderne les écrits mystiques de Maître Eckhart dont ce passage est extrait est Gustav Landauer : l'un des sept hommes qui devaient sortir le monde de ses gonds, en compagnie de Sanderling. Sanderling a lu les écrits de Maître Eckhart dans la version de Landauer ; il les a certainement lus également en moyen haut allemand. Le sermon d'Eckhart *Beati pauperes spiritu*, « Heureux les pauvres en esprit », est entré profondément dans son âme et dans son esprit. Le « fond de Dieu » où il veut habiter désigne la profondeur la plus profonde qu'on puisse imaginer. Sa nostalgie ne vise pas un passé, une société intacte quelconque, mais une origine, non, l'origine par excellence. C'est un retour en arrière vers un état où l'homme, où lui, Sanderling, ne serait plus un être isolé, perdu, où il ne serait plus douloureusement coupé du monde qui l'entoure, et de Dieu. Dans cet état, il n'y a ni haut ni bas, ni extérieur ni intérieur. L'origine, le fond de Dieu, est une unité universelle.

Sanderling donne à sa maison le nom d'un lieu invisible, profond, auquel aspirer. Je cherche en moi-même un lieu semblable, mais ne trouve que ce qu'il est aujourd'hui convenu d'appeler « monde intérieur », et qui est à peu près aussi éloigné du fond de Dieu que le monde extérieur. Au moins, mon monde intérieur me permet de me faire une *idée* de ce fond de Dieu, à défaut d'une image, comme j'en ai une du jardin d'Éden ou du purgatoire. Afin de me représenter cet écart, cet espace manquant qui me sépare de Sanderling, je m'imagine avoir un jour un arrière-petit-fils pour qui l'amour ne serait plus rien de vivant mais une idée que ses aïeux s'étaient faite. Dans mes lettres, qu'il aurait du mal à déchiffrer, dans les livres et les écrits de mon temps et des époques antérieures, il pourrait lire ce que le mot « amour » désignait un jour. Il comprendrait à peu près. Mais il ne ressentirait plus rien. Je lui semblerais aussi loin qu'un homme de l'âge de pierre. Et moi ? Est-ce que je pourrais encore le qualifier d'être humain ? Les autres mots n'en seraient-ils pas ébranlés, eux aussi ? Est-ce si différent, ce qui s'est passé avec « Dieu » ? Avec « fond de Dieu » ?

Je lis des livres dans l'espoir qu'ils rapprocheront Sanderling de moi, ou plutôt moi de lui. La plupart des ouvrages qui expliquent le passé ont des contenus, mais ces contenus sont sans vie. Ils ont changé imperceptiblement ; les mots sont les mêmes. Personne ne se rend compte qu'ils sont desséchés et morts depuis longtemps. Je suis atterrée quand je regarde en arrière : suis-je comme ces vieux qui ne peuvent plus percevoir certaines fréquences sonores, le chant des cigales, par exemple ? Est-ce quelque chose de semblable qui se produit avec le passé ? Avons-nous encore les mêmes sens ?

Braunfels an der Lahn. Je traverse la vieille place du village où les maisons à colombages et le puits désaffecté ont été impeccablement rénovés et ornés de bacs à fleurs. Les vieux pavés sont neufs. C'est une de ces petites villes où, le week-end, les Allemands aiment venir se rendre visite à eux-mêmes. Ces vieux bourgs leur tendent un miroir rajeunissant : ils peuvent s'y contempler encore une fois dans un état d'innocence perdu. Ici, ils jouissent d'un monde intact. Mieux : ici, ils sont encore intacts eux-mêmes. Pourquoi est-ce que j'écris « ils », « les Allemands » ? Pourquoi est-ce que je m'exclus ? Ni parce que je vis à l'étranger depuis longtemps ni, encore moins, parce que je ne partagerais pas cette nostalgie. Mais, depuis toujours, les idylles à colombages m'angoissent plus qu'elles ne me rassurent. Elles m'évoquent moins une fontaine de jouvence que des opérations esthétiques.

En 1920, Braunfels n'est pas une idylle à colombages louche. Un vieux bourg allemand n'a rien de suspect pour personne. À proximité immédiate du bourg, il y a des exploitations de minerai de fer. Les mines appartiennent à Krupp. Il y a la mine Gutglück (Petit Bonheur), la mine Würgeengel (Ange exterminateur). Je ne sais pas si Sanderling s'aperçoit de ces activités souterraines ; le dimanche, on croise des mineurs dans les ruelles du village. Je sais que son attention est loin de se porter seulement sur le monde spirituel ; il aspire à un monde où toute chose ou activité matérielle serait pénétrée par l'esprit. Dans la ville voisine de Wetzlar, il préside une commission d'arbitrage qui cherche des solutions aux conflits opposant les ouvriers aux entrepreneurs.

Dans sa maison *Au fond de Dieu* à pignon pointu, Benjamin et Buber viennent le voir à plusieurs reprises. Ils conçoivent ensemble un projet de revue censée approfondir les liens entre le christianisme et le judaïsme. J'imagine qu'Emma, la femme de Sanderling, a une jeune fille qui l'aide à la cuisine. Sanderling est le contraire d'un jouisseur. Il mange parce que l'être humain doit se nourrir ; j'imagine qu'il ne boit même pas. Les yeux ardents, le cœur débordant, il est assis devant son assiette pleine sans la voir ; par moments, il oublie à quoi peuvent bien servir la fourchette et le couteau qu'il tient dans les mains. Benjamin est petit et rond. Leurs conversations tournent autour de Shakespeare, de Hölderlin, de l'essence de la traduction. Ils parlent de jointure dure (*harte Fügung*) pour désigner une certaine poésie et une certaine manière de la traduire.

De Braunfels an der Lahn, il y a à peine trente kilomètres jusqu'à Hadamar. Une autre forme de jointure dure ? Dans la maison de soins de Hadamar ont été assassinées entre janvier et août 1941 plus de dix mille personnes qu'on avait cessé de considérer comme des êtres humains. On les regardait comme des *parasites*, des *existences-ballast*, des *coquilles vides*. Sur la route de Braunfels à Hadamar, je me sens mal à l'aise à l'idée qu'en parcourant ce trajet je crée un lien entre ces deux endroits. Il n'y a de lien direct qu'au sens géographique, me dis-je. Il y a une route qui mène de l'un à l'autre, mais non une relation de cause à effet. Comme entre Weimar et Buchenwald ? Ou comment ?

*Pourquoi n'empoisonnez-vous pas ces gens ?* Comment oublier cette question ? J'essaie en vain de la chasser de mon esprit en me disant que ce passage, sur lequel je suis tombée par hasard, est probablement le seul, dans les monceaux d'écrits laissés par Sanderling, qui semble renvoyer de façon insupportablement nette et brutale à ce qui se passera plus tard. Qui *semble* renvoyer ? Oui. J'ai pourtant bien lu ce qui était écrit, mais je continue à me méfier de cette apparente évidence. Il faut que j'en sache plus.

Pour l'instant, je vais donc de Braunfels à Hadamar, situé à une trentaine de kilomètres. Là aussi il y a un château. Là aussi il y a des maisons à colombages. Mais Hadamar ne ressemble pas à un endroit qu'on vient visiter le dimanche. Les rues sont sinistres, le contraire d'idylliques. En descendant de la voiture, je lève les yeux vers un bâtiment menaçant, une sorte de forteresse entourée de fils de fer. Est-ce la clinique psychiatrique en laquelle l'ancienne maison de soins a été transformée ? Mais non, une clinique psychiatrique ne ressemblerait pas à cela, de nos jours. Peut-être est-ce une prison ? Vraisemblablement les deux. Une partie de la clinique est une institution fermée où sont détenus par exemple des cambrioleurs ou des criminels toxicomanes ; une forme de psychiatrie pénitentiaire dite « forensique ».

Il est deux heures de l'après-midi et j'ai faim. Dans l'unique café ouvert à cette heure, on me sert la crêpe la plus épaisse et la plus germanique que j'aie jamais mangée, garnie de tranches de mozzarella et de tomates tout aussi germaniques. La serveuse, très aimable et couverte de tatouages, ne sait pas m'indiquer le chemin du mémorial. Ça fait quarante-sept ans que je vis ici, me dit-elle, et je n'ai encore jamais réussi à y aller. Le matin à huit heures, je cours au café et, le soir, je suis contente d'ôter mes chaussures et de poser mes pieds sur le canapé. Je n'ai même pas encore visité la Roseraie, et pourtant ça doit vraiment être magnifique. Elle s'apprête à m'expliquer comment m'y rendre.

Le mémorial est facile à trouver, il fait partie de la clinique psychiatrique. Il faut prendre l'entrée principale, comme si on était patient ou qu'on venait voir un malade, puis sonner à une porte à droite. Une jeune fille me fait entrer et m'explique où je dois me rendre et ce qu'il y a à voir. Il n'y a pas d'autres visiteurs. Je longe un long couloir clair couvert de dessins d'enfants colorés. Il faut passer par la psychiatrie riante et humaine d'aujourd'hui pour arriver à la psychiatrie meurtrière d'hier. Au bout du couloir, je dois décider si je veux d'abord visiter les salles d'exposition, où le passé des lieux est documenté sur de grands panneaux, ou si je veux descendre l'escalier. Je me décide pour l'escalier.

La chambre à gaz est une cave de douze mètres carrés avec deux ouvertures de portes qui se font face. Les portes n'y sont plus. L'entrée de la chambre à gaz est interdite. Non que je veuille y entrer. On peut regarder à l'intérieur. Je regarde. Devant les ouvertures, des cordes ou des courroies barrent le passage, comme devant le salon ou la salle de musique richement meublés d'un château. Les assassinats étaient surveillés par des médecins qui, comme moi maintenant, se tenaient debout devant la porte, et qui, contrairement à moi, regardaient à travers un œilleton des gens en train de mourir lentement, atrocement. Je pense à deux personnes qui me sont proches et qui, si elles avaient vécu quelques décennies plus tôt, auraient probablement été tuées ici ou ailleurs.

La pièce est nue. Un panneau explique comment le gaz y était introduit. Serrées les unes contre les autres, environ vingt-cinq ou trente personnes peuvent s'y tenir, j'imagine. En sept ou huit mois, plus de dix mille êtres humains y ont été entassés vivants puis en ont été retirés morts. Quinze mille jusqu'en 1945. J'ai lu les sept cents pages de la grande étude d'Ernst Klee sur l'« euthanasie » dans le Troisième Reich. Je sais que, parmi les tués, il n'y avait pas que des malades mentaux, mais toutes sortes de gens déclarés inaptes au travail, des épileptiques, des traumatisés de la guerre, plus tard des travailleurs forcés tuberculeux de Pologne et de Russie. Je sais que les malades mentaux ont été assassinés avant les Juifs avec du monoxyde de carbone, dans des camions et des chambres à gaz déguisées en douches, et que le même personnel (T4) a continué ensuite dans les grands camps meurtriers. Debout devant cette cave, j'ai en tête le témoignage du brûleur de cadavres Nohel : *Une fois que les cadavres avaient brûlé, les restes d'os qui étaient tombés à travers la grille du four étaient mis dans un moulin à os où ils étaient réduits en poudre. La farine d'os ainsi produite était envoyée aux proches, comme ce qui restait de la dépouille mortelle.* Et je connais le témoignage de la secrétaire Hedwig Hackel : *La solution à la formaline pour les dents se trouvait dans la pièce où je travaillais à la machine à écrire. C'était une chose pas très appétissante puisqu'à mon sens, la solution n'était pas assez forte pour éliminer toutes les traces. Les dents répandaient une odeur désagréable dans le bureau.* Je sais que, pour Noël, le personnel recevait de l'or dentaire en guise de gratifications. Je sais qu'à Hadamar le dix millième cadavre, un homme hydrocéphale, fut célébré avec de la musique.

Debout devant la porte barrée, je regarde la pièce vide. *Pourquoi n'empoisonnez-vous pas ces gens ?* Je baisse les yeux sur le noir et blanc des carreaux. Quelqu'un est traversé d'une pensée. Puis arrivent d'autres qui la réalisent. En découle-t-il un lien entre les deux choses ? Les apparences semblent l'indiquer, mais je continue à ne pas voir de chemin direct menant de Sanderling à son fils puis à moi, en passant par mon père. Et pourtant : *des personnes saines donnaient leur force de travail en échange d'argent pour conserver la vie à ces êtres incapables de travailler et de vivre au sens élevé du mot, des êtres dont les proches ne supportaient pas la présence près d'eux et que nous étions tous trop lâches pour éradiquer de la terre.* Ce sont ses mots, je ne peux pas le nier. Je ne peux pas non plus tout mettre sur le compte funeste de Nietzsche. Je m'adresse à un accusateur imaginaire : N'y a-t-il pas une différence entre un homme qui, dans une situation d'extrême détresse, dans un moment de terrible doute – il a presque quarante ans et s'apprête à abandonner son métier de pasteur qu'il a embrassé tardivement et qu'il ne vit plus comme une vocation mais comme une malédiction et une torture, et il sait que cette décision lui vaudra d'être mis au ban par ses coreligionnaires qui pour leur part n'auraient jamais l'idée de se rendre l'existence aussi difficile –, n'y a-t-il pas une différence, donc, entre un homme qui, dans une certaine situation existentielle, est traversé par une telle pensée et qui l'exprime, d'une part, et des assassins employés et payés pour tuer méthodiquement et sans état d'âme tous les faibles, tous ceux qui ont besoin d'aide, et pour réduire leurs os en poudre, dans des moulins à os, d'autre part ?

Il y a là une grande différence, certes, répond l'accusateur en chef imaginaire. Personne n'a jamais prétendu que c'était la même chose. Seulement : cette idée ne devait-elle pas d'abord être pensée avant de pouvoir être réalisée ?

Non. L'accusateur se trompe. Sanderling respecte et honore chez les fous un malheur qui dépasse la commune mesure. *Mais l'être humain le plus élevé intérieurement que j'eusse vu ce jour-là, c'était cet Hercule fou*, voilà comment se termine le passage. La vision des fous le frappe d'autant plus qu'il s'y voit reflété – qu'il y voit reflétée la part la plus menacée de lui-même, celle qui se tient en équilibre instable près d'un abîme. *Ah, la pensée qu'il pourrait devenir fou lui-même n'avait jamais dû venir à mon père Hesekiel. La vie, la passion n'avaient pas fait rage en lui de la même façon. C'est pour cela que, depuis le havre sûr de sa morgue miséricordieuse, il traitait les fous de pauvres malheureux.*

Mais voilà que l'accusateur en chef reprend la parole : L'homme qui perçoit nettement qu'il est en danger de devenir fou ne fait-il pas preuve au contraire d'une grande lucidité qui le préserve de tomber dans la folie ? Je veux bien qu'il ait été passionné, ton Sanderling, dit-il. Mais fou ?

Il n'est pourtant pas le seul à avoir perçu qu'il courait un danger. *Cet homme est fou !* écrit de lui Romain Rolland. *Son esprit était traversé de folie comme un massif de ravins,* écrit Benjamin. N'est-ce pas ce qui le sépare le plus de ses lointains descendants ? Sa quête désespérée de stabilité, son désir d'absolu dans les grandes questions de l'existence comme dans les plus petites, son terrible sérieux ne touchent-ils pas aux limites de la folie ?

Du dehors, des voix lointaines me parviennent dans ce monde des morts. Je me détache du chambranle de porte vide devant lequel je suis restée debout tout ce temps pour pénétrer plus avant dans la cave. Un panneau explique le fonctionnement du four crématoire qui n'y est plus. Je m'arrête devant une autre pièce dont une lanière interdit l'accès, et dont les murs de brique ont été peints en blanc. Hormis une table de dissection en béton avec un trou pour l'évacuation des liquides à une extrémité, la pièce est aussi vide que la précédente. Le sol est en béton également. La lumière de l'été entre à travers un soupirail. Mémorial. Quelle mémoire peut contenir des milliers de morts ? Des millions ? Je respire la légère odeur de moisi que dégage la cave. Quelque chose de ce qui s'est passé ici surgit pour une fraction de seconde dans ma conscience, un flot d'images et de sensations incandescentes qui fusionnent et qui, l'instant d'après, sont déjà refroidies, figées : de la pierre, du béton.

Je renonce à visiter le garage pour les cars, construit afin que les malades qui en descendaient ne puissent être reconnus par personne. Peu après une nouvelle arrivée, les habitants du village voyaient la fumée monter au ciel. Dans la salle d'exposition au rez-de-chaussée, une photo d'époque prise depuis le village montre l'épaisse colonne de fumée qui s'élève au-dessus de la clinique et s'évase vers le haut.

Je regarde une affiche qui représente un géant blond ployant sous un énorme fardeau. Il porte une planche sur les épaules ; à chaque extrémité de la planche est assis un petit homme brun. Celui de gauche porte un chapeau et paraît non pas faible d'esprit mais terrifié. Celui de droite a les oreilles décollées, un front bas et un nez écrasé. *Jusqu'à sa soixantième année, un malade héréditaire coûte en moyenne 500 000 Reichsmark*, lit-on au-dessus des trois hommes. Et, de nouveau, les mots de Sanderling me transpercent la chair : *pourquoi n'utilisez-vous pas votre or, vos services, votre travail afin d'élever la vie qui peut être élevée, plutôt qu'afin de conserver une vie qui ne peut rien accomplir.*

L'accusateur en chef continue à me guetter. Il a lu la somme d'Ernst Klee sur l'« euthanasie », lui aussi, et il connaît l'évolution dans les années trente et quarante de la Innere Mission, le mouvement protestant dont Sanderling était proche. Il connaît les mots de Hans Harmsen, de la commission centrale de la Innere Mission de l'Église protestante d'Allemagne : *Nous donnons à l'État le droit de détruire la vie humaine – quand il s'agit de criminels et de faits de guerre. Pourquoi lui refuser le droit de détruire des existences encombrantes ?* Il est au courant du camp de concentration intégré à la maison de soins de la Mission intérieure, à Rickling, dans le Schleswig-Holstein. Il sait que la maison d'éducation et de soins Scheuern, autre institution de la Innere Mission, deviendra un camp de transit pour des malades qui, de là, seront transportés à Hadamar, où ils seront assassinés.

Tout cela est vrai. Et pourtant, je persiste à ne pas voir de chemin direct. Qui mènerait, disons, de Nietzsche aux assassins d'après, en passant par Darwin et Sanderling. Il n'y a même pas de chemin direct menant d'un père à son fils, ni *a fortiori* à sa fille. C'est extraordinairement compliqué et tortueux.

Bien sûr, il y a toujours moyen de louvoyer, dit l'accusateur en chef.

Et il a raison.

Je fais un dernier effort pour le convaincre. Tenez, lui dis-je, prenez donc ce qu'on a osé appeler la « mort miséricordieuse ». L'expression a été employée pour décréter le meurtre de tous les malades et de tous les inaptes au travail au sens le plus large. Cela a eu lieu. Est-ce que vous en concluriez sérieusement que jamais, dans aucune situation, il ne faut envisager la possibilité de libérer un être humain ou un animal de ses souffrances ?

Contrairement à moi, l'accusateur en chef n'est pas encore à bout d'arguments mais, à cet endroit de la conversation, je le plante là et monte dans la voiture. En quittant Hadamar, je m'égare et me retrouve sur l'autoroute de Francfort, où je ne veux pas aller. Prenant la première sortie, j'aperçois tout à coup un panneau indiquant la clinique Hohe Mark. Sans que je le veuille, la voiture m'a menée à l'endroit où, en 1924, à l'âge de soixante ans, Sanderling est mort d'un cancer de la moelle épinière. *Il n'est pas étonnant que la vie n'ait pas voulu garder très longtemps cet excentrique en son sein*, ai-je lu avec surprise dans un article qui présente Sanderling comme un *homme dépourvu de centre*. Meurt-on donc d'une absence de centre ? Et quel est le centre d'un être humain ? Est-il bon ou mauvais de ne pas en avoir ? Vaut-il mieux reposer confortablement en un « centre », ou être en quête sa vie durant sans jamais connaître de repos, comme ce fut le cas de Sanderling ? Pas étonnant que la vie n'ait plus voulu de lui – est-ce vraiment une pensée qu'on peut avoir à propos d'un tel homme ? D'accord, il s'agit de mon arrière-grand-père et je manque sans doute d'objectivité, mais cette phrase m'offusque. Cet homme était en bonne voie d'accomplir quelque chose de grand ! prétends-je. Comme d'habitude, personne ne me croit, si bien que je tire mon dernier atout de ma poche en appelant comme témoin Walter Benjamin. Après la mort de Sanderling, celui-ci a exalté *la merveilleuse atmosphère humaine de ce paysage mental : c'était perpétuellement la fraîcheur du lever de soleil.*

Le sanatorium Hohe Mark est aujourd'hui une clinique psychiatrique. La tombe de Sanderling au vieux cimetière d'Oberursel, où, d'après son propre vœu, il a été enterré sous une simple croix en bois qui portait juste son nom, ses dates de naissance et de mort ainsi que les mots *Vit en Dieu*, n'existe plus.

Quelques jours plus tard, je suis de nouveau en visite chez mon père. Il m'attend debout dans le jardin, les jambes légèrement écartées, le buste penché en avant, comme un enfant étonné de pouvoir demeurer ainsi sur ses deux jambes, la tête hissée à une altitude vertigineuse. Mais pour combien de temps ? Je monte l'escalier extérieur en courant pour être vite près de lui et pouvoir éventuellement le soutenir. Nous rentrons dans la maison et nous asseyons face à face. Je ne tarde pas à lui raconter mon voyage à Braunfels, en passant sous silence mon détour par Hadamar. Mon père me mettrait en garde, il trouverait que je crée un lien là où il n'y en a pas. Je lui répondrais : Ce sont deux bourgs à proximité l'un de l'autre. Il verrait dans cette proximité un hasard. Mais moi aussi ! lui répondrais-je en vain. Je me suis simplement rendue à tel endroit, puis à tel autre, c'est tout. Il ne me croirait pas. Il désapprouverait ma démarche.

Je ne lui parle donc pas de Hadamar, mais seulement de Braunfels. D'une voix pleine de suspicion, il me demande : Mais qu'est-ce qui t'intéresse donc chez ce Florens Christian ? (Le nom de Sanderling est pour l'instant réservé à mon usage exclusif.)

Il me jette un regard hostile.

Dans ces années-là, au début du siècle dernier, il y avait des dizaines de personnages excentriques comme celui-ci, dit-il. Il n'a rien d'exceptionnel.

Je lui demande pourquoi, dans ce cas, son père et lui se sont adonnés à un véritable culte autour de la personne de ce Florens Christian.

J'en suis bien revenu, ces dernières années, me dit-il. C'est complètement saugrenu, tout ce que cet homme a pu écrire au long de sa vie. Et cet enthousiasme guerrier, ces hourra-hourra, au moment de la Première Guerre ! C'est carrément dégoûtant, cet épisode-là. J'ai pris de plus en plus de distance vis-à-vis de ce grand-père, ces derniers temps, répète-t-il, comme vis-à-vis de mon père.

Je lui demande comment il s'explique que Benjamin, qui d'ordinaire n'est pas considéré comme le dernier des imbéciles, tenait cet homme en si haute estime.

Il peut bien se tromper une fois, lui aussi.

Je lui demande pourquoi il se donne tant de mal à déprécier son grand-père, qu'il n'a pas connu, lui non plus, et pour me détourner de mon idée.

Mais enfin, qu'est-ce qui va en sortir, de tout ça, me dit-il, visiblement contrarié.

On verra.

On verra quoi, dit-il maintenant avec un mépris non dissimulé. Peut-être est-il en colère aussi parce qu'il devine que je lui cache quelque chose.

Il y a une tension entre nous ; nous mesurons nos forces. Nous nous sourions méchamment.

Il dit : Tu veux t'inscrire dans la famille.

J'essaie de garder une voix calme et lui réponds par quelque chose qui se veut une riposte blessante mais n'est que ridicule. Je perds des points. Pourquoi est-ce que je m'échauffe ? Mon père est vieux, il faut le ménager.

Il a un accès de toux interminable qui produit un cliquetis inquiétant dans sa poitrine. Il faut bien mourir un jour, dit-il quand il peut parler de nouveau. Toi aussi !

Il y a une joie mauvaise dans sa voix ; la satisfaction du vieillard qui sait que ce sera bientôt le tour des autres.

Puis il reprend le fil de la conversation là où l'accès de toux l'avait interrompu : Tu as été exclue de cette famille, voilà ton problème, et ça le restera toute ta vie.

Il le dit sur un ton distant de léger regret, comme s'il parlait d'une espèce de malformation de naissance.

Tu serais ravi, lui dis-je, qu'un chercheur inconnu redécouvre cet ancêtre tombé dans l'oubli. Tu ne serais pas étonné du tout qu'on s'intéresse à cet homme passionné, tiraillé, luttant pour atteindre une vérité, un ami de Benjamin, de Hofmannsthal, de Scholem, de Buber et d'autres. Mais moi, la seule motivation que tu me reconnaisses est de vouloir m'inscrire dans la famille.

Il ne répond pas. La tension s'apaise peu à peu.

À deux reprises, pendant ce séjour, je mentionne mes difficultés à obtenir tel ou tel écrit de Sanderling publié dans des revues, et son livre de philosophie politique, *Deutsche Bauhütte*, dont on trouve encore quelques exemplaires chez des marchands de livres anciens, à des prix exorbitants. Il ne fait pas mine de vouloir me prêter quoi que ce soit.

Je n'insiste pas. Je lui en veux de sa méfiance et je la comprends en même temps. Ne suis-je pas moi-même assaillie de doutes tous les jours ? Parviendrai-je à une justesse du moins approximative, en évoquant cet homme ? Et en évoquant le temps et les générations qui nous séparent ?

Comme à chacune de mes visites maintenant, nous parlons du silence des années d'après guerre et des « égarements » de son père. Des quatre fils de Sanderling, il est le seul à être devenu nazi. Ce n'est pas une mauvaise moyenne, pour une famille allemande, aimerais-je dire à mon père. Mais les moyennes, il s'en moque bien ; il a honte que la brebis brune, ce soit son père, justement.

Ce qui est indéniable et prouvé, c'est l'innocence du fils aîné de Sanderling : il a été tué en 1915 en Champagne. Un autre fils, le frère jumeau de mon grand-père, a eu la bonne idée de se consacrer entièrement à la botanique.

Ah, celui-là, toujours penché sur ses petites feuilles et ses pétales pressés, dit mon père d'un ton condescendant, comme s'il parlait d'un aimable imbécile.

Il n'a jamais eu de femme. Il est revenu de la guerre de 14 atteint de tuberculose. Jusqu'à la mort de celle-ci, il a vécu chez sa mère, la veuve de Sanderling, Emma.

Quelques jours plus tard, dans la grande mine des trouvailles numériques, je tomberai sur un article que cet homme irréprochable a publié dans le *Zeitschrift für Rheinische Heimatpflege*, à propos de la coquerelle, ou anémone pulsatile. L'article date de l'année 1939. La coquerelle fait partie de la famille des renonculacées, en allemand *Hahnenfußgewächse*. Le mot *Hahnenfuß* (patte de coq) désigne aussi un poltron. La coquerelle a la forme d'une clochette à six pans mais, contrairement à d'autres espèces de la famille des *Pulsatilla* qui ont des pétales penchés, les pétales de la *Pulsatilla vulgaris* se tiennent droits. La coquerelle est toxique.

Je ne peux pas m'empêcher de penser que je tiens là une sorte de descriptif de cet homme : poltron à ses heures mais droit, et toxique en cas de besoin.

Le fils cadet n'a pas la chance de vivre entièrement au royaume des plantes. Comme le père de mon père, il est démis de ses fonctions en 1933. Mais, au lieu de se faire bien voir par les nouveaux puissants et d'adhérer à leurs organisations, il se tient à distance. Lui qui avait une chaire d'université depuis deux ans doit travailler comme simple professeur de lycée jusqu'à la fin de la guerre. Lorsque mon père, professeur d'université émérite, lui aussi, dit *simple professeur de lycée*, ce déclassement sonne comme un sacrifice considérable, et je ne doute pas que c'en fût un. Pourquoi un être humain n'aurait-il pas d'ambitions ? Il lui en coûte, bien sûr, d'y renoncer. Mais il fait preuve de droiture. Pour un descendant de la famille Rang, le sacrifice a dû être plus grand que pour un autre. Ayant accepté d'être rétrogradé et de rester professeur de lycée jusqu'à la chute du régime, il pourra témoigner à la décharge de son frère aîné après la guerre.

Son témoignage figure dans le dossier d'archives que j'ai apporté dans mes bagages, et dont je ne dis rien à mon père. Peut-être le ferais-je si j'étais sûre de ne pas trop l'irriter ou le troubler. Mais je me sens déjà mal à l'aise à la seule idée d'avoir introduit ce dossier dans sa maison. Que penserait-il s'il fouillait dans mon sac et qu'il tombait dessus ? Non, il ne mettrait jamais son nez dans mon sac. Mais n'aurait-il pas raison de se mettre en colère ? En quoi la vie d'un homme que je n'ai pas connu et qui n'a jamais voulu être mon grand-père me regarde-t-elle ?

Je décide qu'elle me regarde. Tu veux t'inscrire dans la famille. Qui est exclu veut être inclus. Je me souviens que, lorsque j'avais une vingtaine d'années, mon père m'a proposé de me donner son nom. J'ai refusé. Qui est exclu ne veut surtout pas être inclus ; sa fierté le lui interdit. Il dédaigne la communauté qui l'exclut. Puis arrive un moment où cela lui paraît enfantin.

Je relis encore une fois le témoignage du frère rétrogradé au rang de simple professeur de lycée. *Tant par la connaissance du caractère et des convictions de mon frère qu'à travers les propos qu'il m'a souvent tenus ouvertement, j'ai toujours été convaincu qu'il n'a jamais fait partie des nazis, avec lesquels il s'est acoquiné dans le faux espoir de pouvoir améliorer les choses, mais qu'il s'est au contraire tou-*

*jours efforcé d'agir en un sens véritablement humain, en pédagogue du peuple.* C'est dans la SA et dans les services secrets de la SS qu'il voulait améliorer les choses en un sens véritablement humain et en pédagogue du peuple ?

Au lieu de devenir directeur de bibliothèque, il aurait pu accepter de redevenir simple assistant – le pendant du *simple professeur de lycée* de son frère. Il aurait alors évité de se compromettre. Mais rester assistant pour une durée indéterminée ? Il avait été reçu docteur en philosophie. C'est la foi chrétienne qui lui a manqué, écrit son frère dans son témoignage.

Le simple professeur de lycée regagne vite sa chaire d'université, après la guerre. Il est professeur de pédagogie, comme plus tard son neveu, mon père. Je ne sais pas s'ils ont été de bons théoriciens. Et de bons praticiens de la pédagogie ? Pas sûr. De son oncle, mon père me raconte que l'un de ses fils s'est suicidé. Il s'est jeté sous un train à Lübeck, dit-il. Avec son sourire ironique à peine perceptible, il ajoute que le suicidé avait laissé une lettre d'adieu à son père qui commençait par ces mots : *Très Honoré Monsieur le Professeur.*

De frayeur, je souris à mon tour. Suit un bref silence. Aucun de nous ne commente cette « anecdote ». Je comprends que je n'ai pas besoin de m'inscrire dans la famille ; je fais partie depuis longtemps de la branche poussant dans l'ombre. *Très Honoré Monsieur le Professeur.* Sur toutes les lettres que j'ai envoyées à mon père quand j'étais enfant, et je lui en ai écrit beaucoup, je devais faire précéder son nom sur l'enveloppe de la mention *Prof. Dr.*

Tôt ou tard, dans nos conversations, nous en venons toujours au sujet de la morgue de classe, cette fois-ci par le biais de cet horrible suicide.

Je ne pousse tout de même pas ma morgue de classe jusqu'à en vouloir à Kafka d'avoir pour père un commerçant en lingerie fine, me dit mon père.

Non, pas à Kafka. Aux génies, tu pardonnes volontiers leurs origines. Mais tu en tiendrais rigueur à n'importe qui d'autre. À ses façons de s'exprimer, tu devinerais de quelle partie de la société il vient, et tu le mépriserais pour ses formules toutes faites et ses faux subjonctifs.

Peut-on se désinscrire d'une famille ?

Peut-être suis-je dans l'erreur. Mais je n'arrive pas à chasser de ma tête l'idée que les « égarements » de mon grand-père pourraient avoir affaire avec l'orgueil. Avec une certaine morgue de classe, d'une part : Moi, un Rang, un docteur en philosophie, je resterais un simple assistant ? Mais aussi avec ce que Czesław Miłosz a qualifié (d'après Gobineau) du nom persan de *ketman* : la ruse qui permet de cacher ses véritables convictions. *Le ketman emplit de fierté celui qui l'emploie.* Il se sent supérieur au diable à qui il vend son âme, et qu'il croit abuser habilement. Jusqu'à ce qu'il n'ait plus de « véritables convictions ».

Nous sommes assis à la table de style Biedermeier et nous regardons vers l'autre rive du Rhin. Le lendemain, à Cologne, je rate le train pour Paris et j'ai quatre heures d'attente jusqu'au train suivant. La journée est très chaude et les rues et les places sont pleines de gens à moitié nus. Au musée, il fait frais. Les tableaux du musée Wallraf-

Richartz ont été vus par Sanderling, en 1880, quand il avait seize ans. Le musée se trouvait alors dans un autre bâtiment dont il ne reste plus rien à la fin juin 1943. Je suis souvent allée dans le nouveau musée ; il y a quelques années, quand il sortait encore, j'y allais avec mon père. Ces jours-ci, il y a une exposition temporaire montrant des œuvres du peintre Wilhelm Leibl et des photographies d'August Sander. Avant, quand mon père vivait encore à Berlin, nous nous sommes souvent attardés devant un tableau de Leibl qui l'émouvait particulièrement. Il représente un petit garçon paysan assis au bord d'une chaise et ne sachant que faire de ses bras et de ses jambes. Plus qu'à tout le reste, mon père a toujours été sensible à la représentation de l'humain, en peinture, me semble-t-il maintenant. À la façon singulière dont une main de mère est posée sur la tête d'un enfant. Au surgissement d'un être hésitant, soucieux, songeur, plus humain et plus vivant peut-être que dans son apparence vivante, réelle. J'ai appris de mon père comment certains peintres font rayonner l'humanité de l'humain dans leurs tableaux. Non, je ne l'ai pas appris. Dans les musées, il était bon pédagogue. Il ne m'a jamais expliqué un seul tableau. À côté de lui, *voyant avec lui*, j'ai reçu quelque chose.

Est-ce que je fais du tort à mon père, à mon grand-père et à mon arrière-grand-père en faisant planer depuis le début la sombre masse maléfique du mot « Pologne » au-dessus de leurs têtes ? Est-ce juste ou n'est-ce qu'une revanche personnelle ? Et la parole méchante de mon père – Toi aussi, tu vas mourir – ne serait-elle que sa façon anticipée de se venger de ce livre ?

L'exposition Leibl/Sander est fermée pour cause de dégâts des eaux. J'emporte mes questions et mes doutes, la Pologne et les monts géants allemands dans les salles obscurcies de la collection médiévale. Fraîcheur, calme. Je m'arrête devant le *Jugement dernier* de Stefan Lochner, peintre allemand du XVe siècle. Le Christ est assis sur un arc-en-ciel ; un deuxième arc-en-ciel, plus bas, lui sert d'appui-pieds. À côté de lui planent des anges blonds revêtus de bleu, qui portent les instruments de torture : le marteau, des clous, une pince, une éponge imbibée de vinaigre. Les outils de la crucifixion. Les damnés occupent les trois quarts du tableau. Je regarde les démons, semblables à de grandes chauves-souris, qui les maltraitent et les entraînent, enchaînés. Un des démons a des seins pendants noirâtres, un autre une face hideuse à la place du sexe et des articulations. Des bienheureux, on ne voit que l'arrière de leurs têtes bien coiffées. Ils doivent passer à travers une porte étroite derrière laquelle leurs têtes se transforment en une sorte de pavé, de dessin sans profondeur. Mon œil est attiré par un grand ange blanc qui entoure tendrement du bras une des femmes blondes sauvées. Comme deux amoureux, front contre front, les deux se regardent dans les yeux. Au-dessus, le Christ se tient sur son arc-en-ciel. Il a détourné sa tête des damnés ; ses bras sont grands ouverts. De la main droite, il bénit les uns, de la main gauche, il maudit les autres.

Je suis là, à regarder ; mes pensées regardent ailleurs. Et derrière le vieux tableau au fond d'or surgit brusquement une autre image qui semble y avoir été cachée. Sur cette image aussi on aperçoit des visages terrifiés. On y voit, comme sur la première image, quelqu'un faire un tri, envoyer les uns à gauche, les autres à droite. Ce sont des hommes, des femmes et des enfants qui descendent d'un train et qu'on emmène à une rampe. L'homme aux bras ouverts envoie les uns vers la mort, les autres vers l'enfer de la vie.

Je suis effrayée par cette image derrière l'image, par ce palimpseste interdit ; choquée d'avoir vu un SS derrière le Christ. Mais ce n'était pas une comparaison, me dis-je en guise de justification. Je n'ai pas mis ces deux images sur le même plan, je n'ai même pas réfléchi, ni encore moins tiré de conclusion. Une image s'est soudain changée en une autre. C'est le geste, sans doute, qui a provoqué la superposition, ce sont les bras tendus, montrant des directions opposées, séparant les bons des mauvais, les forts des faibles, le bon grain de l'ivraie. C'est probablement tout ce que je porte avec moi depuis des mois, car : combien de fois ne me suis-je pas déjà trouvée devant un Jugement dernier, dans ma vie ? (Évitant toujours une condamnation, pour l'instant.) Jamais je n'y ai vu autre chose qu'un Dieu fait homme qui nous récompense ou nous punit pour notre conduite, dont aucun détail ne lui a échappé. Je regarde les visages, déformés par la douleur, des torturés, leurs bras nus tendus vers le ciel, les horribles faces avides et voluptueuses de leurs tortionnaires. Je vois comme les damnés sont poussés dans ma direction, comme ils s'approchent inévitablement. Tandis que ceux qui seront sauvés se détournent de moi, ils s'en vont. Comment chasser de ma conscience cette image derrière l'image ?

La porte du musée franchie, la chaleur me retombe dessus. Au moins, nous pouvons encore transpirer, me dis-je.

Tout le monde peut sans peine s'imaginer un Allemand en train de transpirer, une grosse bête de somme rougeaude et suante. Travailler. Est-ce allemand ? La question me ramène à Sanderling qui, pour ce qui est de l'*âme allemande*, s'y connaissait comme personne. Sinon, Benjamin l'aurait-il appelé *le critique le plus profond de la germanitude depuis Nietzsche* ? La « germanitude » : voilà encore un mot qu'il faut attraper avec les pincettes des guillemets pour le transporter au présent. Un mot qui a été englouti par le temps, et son contenu avec lui, et qui ne continue d'exister que dans la mesure où des êtres d'aujourd'hui, comme moi, ont encore une vague idée de ce que leurs ancêtres ont pu entendre par là. Cette vague idée englobe des significations très variées qui vont de population ou domination allemandes (par exemple dans l'Association nationaliste et antipolonaise pour le développement de la germanitude en Prusse-Orientale) jusqu'à : être profond, substance spirituelle des Allemands, comme l'entendaient sans doute Benjamin et Sanderling. Le travail a-t-il une place dans cet être profond, dans ce « génie » allemand ?

Sanderling, expert reconnu et spécialiste de la germanitude, exécrait la morale du travail telle qu'il la voyait exaltée autour de lui comme une valeur absolue. Il abhorrait le travail obligatoire et ce qu'il appelait l'*impératif protestant* (*Travaille, gagne ta vie – aux croyants, le bon Dieu fera la grâce de leur offrir le ciel*). Non pas qu'il eût été paresseux. Mais il ne voyait pas pourquoi la morale la plus haute, non, l'unique morale serait dorénavant celle du travail. Il a exposé son point de vue sur cette question en 1905, dans un essai sur *Don Quichotte*. Je ne comprends pas bien pourquoi il mêle Don Quichotte à cela, mais je constate avec une certaine satisfaction que le travail ne compte pas beaucoup dans la germanitude telle que Sanderling la conçoit. *Car ce qui nous rend riche et grand intérieurement, ce n'est jamais le travail, ni les possessions, ni les mérites, mais ce qui surgit comme un hôte, un éclair, sous forme d'un hasard, d'une pensée* – voilà un arrière-grand-père qu'on revendiquerait volontiers.

A-t-il lu le philosophe Max Scheler, qui était son contemporain ? Moi, en tout cas, j'ai lu le livre de Scheler sur « les origines de la germanophobie », paru en pleine Première Guerre mondiale. Scheler n'avait que quelques années de moins que Sanderling ; ils avaient tous les deux poussé des cris de joie au début de la guerre, dont ils espéraient une consolidation et une révélation de la « germanitude ». Il y a dans ce livre un chapitre intitulé « L'expulsion du paradis ». Aux peuples d'Europe, y écrit Scheler, l'*image d'un nouvel et étrange archange* est apparue. Cet archange manquait d'éclat, de rayonnement et de dignité. *Il avait l'apparence d'un simple travailleur aux bons poings rudes qui est complètement plongé dans son labeur et qui, calmement, lentement, avec exactitude et ponctualité, et avec une constance qui, vue de l'extérieur, paraît redoutable et même effroyable, travaille, travaille et travaille encore, et ceci – c'est ce que le monde avait le plus de peine à comprendre – sans but, sans finalité, sans fin.* Cet Allemand travailleur, dans lequel Scheler veut voir l'ancêtre de nouvelles générations aristocratiques à naître, chasse l'humanité du paradis.

Depuis toujours m'accable l'idée que l'avenir nous *attend*. Qu'il tient prêts, à notre intention, des événements, des incidents, des genres de mort dont nous ignorons tout mais qui sont *déjà là* et n'ont plus qu'à survenir. Ce qui nous attend renversera tout ce qui a fait notre vie et notre manière de penser jusqu'ici et y jettera un éclairage nouveau, jamais vu. Comme nous avons les yeux ouverts, nous croyons voir. Mais nous ne voyons pas ce qui nous attend et qui ne tardera pas à réinterpréter et à bouleverser tout ce qui a été fait et pensé auparavant. Je crois comprendre ce que Landauer veut dire quand il écrit que le passé n'est pas un enchaînement de maillons qui seraient tous immobiles et figés, hormis le dernier. Tous les maillons de cette chaîne sont en perpétuel mouvement.

S'il n'était pas mort à cinquante-trois ans, en 1928, Max Scheler, en tant que fils d'une mère juive orthodoxe, aurait sans doute été emmené dans un de ces endroits au-dessus des portes desquels était écrit en fer forgé : *Arbeit macht frei*. Il aurait alors vu réellement le travailleur allemand aux bons poings rudes, il l'aurait vu accomplir son travail *avec exactitude et ponctualité, et avec une constance qui, vue de l'extérieur, paraît redoutable et même effroyable*. Il aurait été son matériau.

Pour celui qui regarde en arrière, tout est présent en même temps : l'éloge du travailleur allemand par Scheler, le slogan au-dessus des *métropoles de la mort*, l'application au travail des Allemands. Le fil de l'Histoire, la chaîne des événements qui se succèdent, les mots et les images : dans la tête de celui qui regarde en arrière, tous les fils se rejoignent. En les considérant simultanément, il abolit le temps. Dans son esprit, le temps n'existe pas comme une séparation mais seulement comme l'un des phénomènes dont il a connaissance. Il est pareil à un promeneur surplombant un paysage dont il perçoit en même temps les divers éléments, les forêts, les champs, le fleuve, le ciel. Il croit tout embrasser du regard, mais il ignore que l'endroit où il se trouve n'existe que pour lui seul et qu'aucun autre être humain n'y a accès. Le paysage tel qu'il se déploie devant lui n'est visible que de lui seul ; personne d'autre ne le verra jamais. Il l'a engendré lui-même, à partir des quelques éléments dont il disposait. Le voilà maintenant qui regarde ; me voilà. Et j'ai l'inquiétant pressentiment que ce qui va arriver, ce qui nous attend, est déjà là. C'est moi qui conçois le passé. L'avenir est déjà conçu depuis longtemps.

Qu'est-ce qui nous attend ?

Depuis la parution du livre de Scheler, un siècle a passé. On continue à envier ou à détester les Allemands pour leur ardeur au travail. Le *Deutschtum*, la germanitude, qui désignait autrefois une forme de spiritualité propre aux Allemands, est devenu sous les nazis un *Deutsch-Tun*, une prestance, une façon de faire l'Allemand, puis, après la guerre, une façon de faire tout court. *Made in Germany.* Un label de qualité. Aujourd'hui, pour la première fois, j'entends dans ce *made in Germany* une exclamation par laquelle, nous stigmatisant nous-mêmes, nous nous désignons comme criminels et comme assassins. Regardez, regardez donc ! Regardez ce qui a été fait en Allemagne.

Est-ce que je commence à divaguer ? Le passé, le passé-présent (notre temps grammatical national ?) en Allemagne, est une toile d'araignée qui envahit tout, qui s'étend jusque dans nos pensées et nos actions quotidiennes.

Pour qu'il existe quelque chose comme une germanitude, il faudrait d'abord qu'il y ait des Allemands. Les Allemands existent-ils ? Je veux dire, en tant que personnes différentes des autres ? Quelque chose comme un « être allemand » existe-t-il ? A-t-il existé ? Je reviens à Sanderling, qui était convaincu de la singularité des Allemands – comme des Français, des Anglais et des Espagnols. Comment voit-il cette singularité ? *Nous sommes un peuple rude ; le* furor teutonicus *n'est pas une légende. Nous sommes des croyants enragés. C'est encore ce que nous avons de mieux. Sans cette sauvagerie avide de concilier l'idéal et la vie, nous ne sommes que des ventres paresseux.* La sauvagerie nous a passé, ou bien elle a été provisoirement domptée. Nous sommes restés des bêtes de somme. Un écrivain allemand à venir, un Cervantès allemand qui n'est pas encore né, nous apprendra – nous *permettra de savoir*, écrit Sanderling – *que la force de travail est loin de constituer toute notre force d'âme, il nous amènera à nous moquer de toute morale et de toute foi qui aurait pour objet cette force de travail et qui voudrait régner sur le fond de notre âme, au-delà de la finalité de nos actions – il nous incitera au jeu, au repos et au rire, dans la libre foi en la bonté de notre nature.*

Le travail n'est donc pas le seul habitant de l'*âme allemande*. Ici, il est question tout à coup de sérénité, de jeu, et surtout de la *bonté de notre nature* – malgré notre sauvagerie, nous posséderions de la bonté. Mais une bonté au-delà du bien et du mal ? La lecture de Nietzsche pèse encore sur l'estomac de Sanderling, au point que « bonté », pour lui, ne semble plus venir de « bon ».

Pour l'instant, je m'accroche *au jeu, au repos et au rire*, en espérant que la germanitude s'en tiendra à ces trois mots-là. Nerveusement, je poursuis ma lecture de l'essai sur Cervantès qui, étrangement, tourne autour de l'âme allemande. (À l'arrière-plan, je vois don Quichotte agiter sa lance, mais le moulin à vent allemand continue à virevolter, impassible.) Le poète allemand à venir, lis-je, nous initiera à un nouvel amour de l'humanité. Amour de l'humanité, ça sonne bien, non ? Pourtant, je suis inquiète. Pourquoi *nouvel* amour ? Et, en effet, j'avais raison de m'inquiéter : c'est d'un *amour sans miséricorde* qu'il s'agit. Sans scrupule, cette invention est mise sur le dos de Cervantès, qui ne peut se défendre. (Don Quichotte se précipite à présent sur un troupeau de moutons, un énorme nuage de poussière les enveloppe, lui et les moutons affolés.) C'est un amour *qui libère notre action, même quand celle-ci est lutte, vol et mise à mort*. (Don Quichotte est à terre, couvert de poussière.) Un amour qui autorise à tuer et à voler ? Jadis, Cervantès nous a aidés à *nous accommoder de ce qui n'était pas grand, dans cette époque de misère politique. Aujourd'hui, nous n'avons plus besoin d'aucune excuse humiliante. Nous ne sommes plus comiques à nos propres yeux.*

Ah, si nous avions pu continuer à rire de nous-mêmes, ne serait-ce que par instants ! Nous ne sommes plus comiques à nos propres yeux. Cette phrase serait-elle une clé ? La germanitude – si une telle chose peut ou a pu exister – change. À certaines époques, nous nous trouvions (un peu) comiques, à d'autres, non. À l'époque du petit homme à moustache, le sens de notre propre ridicule s'était complètement perdu. Pourtant, chacun des gestes complaisants de ce personnage, chacun de ses pas affichant de la fermeté, chacune de ses aspirations bombant sa poitrine, ses balancements mous de la main en guise de salut, ses mines méchantes-méchantes, tout cela était le ridicule incarné. Et l'aurait été même sans Chaplin. Sur chacun de ses « r » roulés nous aurions pu à tout moment le faire glisser ; il aurait dégringolé les marches du podium et se serait étalé en bas de tout son long. Au lieu de quoi nous avons religieusement écouté ses paroles. Nous ne nous sommes plus trouvés comiques. J'écris « nous » parce qu'il ne suffit pas d'être né quelques années plus tard et d'avoir émigré pour ne plus en être. Ce serait bien commode s'il suffisait de dire : Je ne suis pas allemand. J'écris « nous » aussi parce que je veux dire : nous, les humains.

Ce qui me vient à l'esprit maintenant n'est pas une comparaison, ou, si c'en est une, elle ne touche qu'à un point, celui de l'appartenance : nombre de ceux qui ont été persécutés et martyrisés par les Allemands (par d'autres Allemands, non juifs) et qui ont survécu n'ont-ils pas insisté sur le fait qu'ils ne s'étaient jamais considérés comme Juifs auparavant, et que seuls les Allemands (ces autres Allemands, justement) les avaient vus ainsi ? Ce sont les autres qui décident qu'on appartient à une communauté ou non, et si oui, à laquelle, et il importe peu qu'on accepte leur classification ou qu'on s'y oppose. Les autres sont plus forts.

En moi, les autres, ceux que je fréquente quotidiennement, et qui sont pour la plupart français, voient une Allemande. Mais que se représentent-ils quand ils pensent *allemand* ? Ils ont à l'esprit toutes sortes de choses, un mélange variable de stéréotypes dont la plupart ne vous donnent pas envie de les incarner. Mais, toujours, il y a dans leur idée de ce qui est allemand celle d'appartenance au peuple qui… Je ne prétends pas que cette association se crée consciemment. C'est à peu près comme si je parlais avec quelqu'un dont je saurais que le père a été condamné pour meurtre Sans doute, en discutant avec lui de la grève annoncée du métro ou de la meilleure façon d'accommoder le chou-fleur, n'aurais-je pas ce père assassin à chaque seconde à l'esprit. Et pourtant, il serait présent ; je l'oublierais par moments, mais il serait là, avec nous, à notre table.

Si je disais cela à un *autre*, il me contredirait. Poliment, et peut-être sincèrement, il me dirait : Mais non, c'est dans ta tête ! Personne ne voit en un Allemand de ta génération un descendant d'assassins.

Je n'en crois rien, surtout quand on me dit « personne », mais je veux bien l'entendre et admettre que c'est peut-être moi qui me vois ainsi et qui prête cette vision à d'autres. Une projection. C'est possible. Mais peu importe, finalement, *qui* voit les choses ainsi : cette vision des choses existe. Elle est ce qui nous sépare des autres, nous, Allemands. Et, s'il y avait encore une germanitude aujourd'hui, s'il y avait quelque chose qui caractérise les Allemands et qui les distingue nettement de tous les autres, ce serait probablement la conscience de cette variante particulière, mortifère, du *made in Germany*. Cette conscience vit en tous les Allemands, qu'ils contestent et nient ce qui a été commis au nom de leur pays, qu'ils demandent qu'on leur fiche enfin la paix avec ça, qu'ils aillent en pèlerinage dans les lieux de mémoire et mangent des gâteaux dans les cafétérias attenantes, qu'ils fassent des études sur le judaïsme, qu'ils barbouillent des murs de cimetières de croix gammées ou qu'ils n'y pensent jamais. Ils ne peuvent pas s'en défaire, pas plus qu'on ne se défait d'une malformation cardiaque.

L'Histoire est quelque chose d'inné.

Certaines vies allemandes ne sont qu'une tentative vaine et désespérée pour se débarrasser de cette malformation héréditaire. W. G. Sebald émigra jeune en Angleterre et se consacra à des « destins » juifs (je mets entre guillemets le mot « destin » qu'on utilise volontiers dans ce contexte parce qu'il implique l'idée d'une nécessité, d'une inexorabilité qui ne peut convenir à l'assassinat de millions d'êtres humains). Il abrégea ses prénoms Wilfried et Georg, trop allemands à son goût, et considéra dorénavant l'Allemagne et l'Histoire allemande de l'extérieur.

Dans son roman *Austerlitz*, il y a deux personnages : le Juif tchèque Austerlitz, et un homme à qui Austerlitz raconte son histoire et qui nous la transmet. Ce dernier, qui est-ce ? Il est tout ouïe, il est une feuille blanche. Il est Sebald lui-même, son double littéraire. Bien sûr, aucun écrivain n'est obligé de faire apparaître sa propre personne, sinon comme présence mentale ; l'élégance et la discrétion exigeraient plutôt qu'il s'efface. Et pourtant, il s'agit ici d'un cas un peu particulier puisque l'un des personnages (composé par Sebald à partir de récits de deux personnes) est l'unique survivant d'une famille juive et l'autre (qui se cache derrière le narrateur) un Allemand non juif né en 1944. Ce dernier semble vierge de toute origine et de toute histoire. Le vide creusé ainsi est rempli par Austerlitz qui, lui, a certes une histoire et une origine, mais qui n'a pour ainsi dire pas de tête à lui. Sa tête et donc sa langue lui sont fournies par l'auteur, comme à tout personnage romanesque.

Cela n'est pas un jugement sur le livre ni encore moins une condamnation de son auteur. Qui d'autre qu'un homme souffrant profondément de ses origines se donnerait tant de mal pour ne pas être ou, du moins, ne pas paraître celui qu'il est, celui dans la peau de qui, sans le vouloir, il est venu au monde ? Un homme qui a trop lourd à porter de ses origines, du passé de son pays, de ses prénoms.

La germanitude, si une telle chose avait continué d'exister ces dernières décennies et si elle existait encore aujourd'hui, désignerait le besoin – dans certains cas, le besoin vital – de fuir tout ce qui est allemand.

Je me penche encore une fois sur un des écrits de Sanderling. C'est un essai sur Kleist. Sanderling s'est intéressé à Kleist et à Cervantès – mais en réalité à la Prusse – dans les premières années du XIXe siècle, juste après son rejet du pastorat et son retour de Prusse-Orientale. Il est question dans cet essai de la *volonté vitale despotique* d'un État qui *s'émiettait* tout récemment encore entre le Bas-Rhin et les frontières slaves. Du tout-ou-rien prussien. De l'*indignation démoniaque* et de la *volonté furieuse*. Cela me coûte pas mal d'efforts et de volonté furieuse, à mon tour, pour supporter ce nouveau bouillonnement de la fureur teutonique.

*Kleist n'était pas là pour regarder le monde avec un sourire*, lis-je. Sans doute. Pourquoi quelqu'un est-il là ? Il faut dire que, malgré plusieurs millénaires de réflexion, nous n'avons toujours pas trouvé de réponse satisfaisante à la question. Ce qui paraît sûr, c'est qu'aucun être humain n'est là pour regarder le monde de telle ou telle façon. Rares sont ceux – et Kleist ne devait pas en faire partie – qui le regardent de la même façon tout au long de leur vie. D'où vient donc ce rejet de toute clémence, de tout amusement bienveillant ? Est-ce le sérieux de l'époque qui s'exprime là, ou plutôt celui d'un individu ? Les deux ? Laissons de côté Kleist et Cervantès, puisque Sanderling les laisse de côté également : ce ne sont pas eux qui le préoccupent mais la Prusse, mais l'Allemagne, la *germanitude*. C'est son sérieux à lui et non pas le leur qui chasse tout sourire. *La joie devant le monde a péri dans une grande colère*. Qu'est-ce qui a déclenché cette colère ? Le prussianisme. (Le prussianisme semble être une sorte de germanitude supérieure, sa quintessence, pour ainsi dire.) La grande colère de Sanderling – qu'il attribue à Kleist – vient de ce que la Prusse n'a pas encore la grandeur à laquelle il aspire passionnément pour elle, qu'elle n'est pas encore le pouvoir d'État, cette *formation d'un genre nouveau*. Elle n'est pas encore assez prussienne.

Vu de loin, cet accès de colère ressemble au courroux d'un enfant à qui on a refusé une chose qui lui avait pourtant été promise, ou qu'il avait espérée. La grande colère ! Je pense au poème de Matthias Claudius : *Alors j'en ai assez de cette vie / Que la lumière du jour soit bannie / Car à Franz elle a donné du biscuit / Et à moi, nenni.*

Dans les grands sentiments, dans les ébranlements de ceux qui nous ont précédés, nous voyons instinctivement des émotions d'enfant. Nous nous sentons plus adultes que nos ancêtres, dont nous regardons les crises de larmes et les danses de joie de notre point de vue ultérieur et – illusion d'optique – supérieur. Les accès de colère de l'aïeul-enfant nous sont incompréhensibles. Notre sourire affectueux le pousse à bout, il enrage, ou, plutôt, il enragerait : l'enfant est mort. Sa tristesse profonde, sa colère, ses hurlements, nous ne les prenons pas au sérieux ; la disproportion que nous percevons entre la cause du mécontentement et la réaction déclenche chez nous un amusement attendri.

Vis-à-vis de Sanderling, je me sens adulte, tardive d'une façon qui ne me plaît guère mais à laquelle je ne peux pas changer grand-chose, pas plus que je ne peux me reglisser dans l'enfant que j'ai été. C'est une vision étrange : celui qui se tient devant moi, ou qui est couché sur le dos en gigotant et en hurlant dans sa grande grande colère, est un homme d'un certain âge, imposant, d'une vaste culture, un homme qui tutoie Benjamin aussi bien que les vieux Grecs et les Romains et qui vit dans la compagnie familière de Goethe et de Dante. Pourquoi suis-je néanmoins tellement plus âgée et plus adulte que lui ? Les monts géants ont enseveli ma candeur, mon innocence. La gravité, la grande colère me sont interdites. Trop d'espace s'est ouvert entre les choses et moi. La distance de sécurité du sourire. Qui se fige parfois.

Car plus j'avance dans ma lecture de l'essai sur Kleist, plus mon sourire d'adulte s'efface. Il y est question de la capacité à *se précipiter vers sa propre perte*. De l'art consommé, ultime, de l'*ivresse d'une passion de mort dionysiaque*. La voix de Sanderling enfle, se surpasse en panache et en fermeté et se briserait presque d'émotion à la fin. Dans un ample *crescendo*, prenant son élan pour sauter d'un point d'exclamation à l'autre, il me jette l'héritage prétendu de Kleist à la figure : *Le bonheur ultime des hommes allemands est d'être les exécuteurs du destin, de la passion qui exige sa liberté, de la « volonté » du démon régissant le monde, d'être l'outil de la volonté dominatrice dévorant le charbon ardent qui y met le feu.*

Je crois que je commence à en savoir assez, de la germanitude. Ce que je sais, on me l'a appris plutôt bruyamment. Et je devine ce que je ne saurai jamais de ce mot disparu : le goût qu'il a pu avoir pour un palais d'enfant, le son qu'il a rendu dans des oreilles enfantines. Je suis trop vieille pour ce mot. Quand il résonne, j'entends : charniers. J'entends le silence quand la fanfare s'est tue. J'entends le murmure de millions de fantômes.

Encore une fois, je revois le chemin qui semble mener tout droit d'ici à là-bas, de la volupté de régner à celle de sombrer, et finalement jusqu'aux monts géants allemands. Mais je me trompe ! Je continue à lire, à me frayer un passage à travers la broussaille du temps, et finalement, avec soulagement, je vois bien que c'est faux, que c'est vraiment un leurre, ce chemin tout droit, c'est au contraire un cul-de-sac qui va bientôt se terminer et qui ne mène donc ni à des monts géants ni encore moins jusqu'à moi. D'accord, l'impasse ne prend pas fin tout de suite, on en perçoit encore le tracé, mais pendant quelques années seulement. En 1914, Sanderling tombe dans une extase guerrière – et Dieu sait qu'il n'est pas seul dans ce cas : Buber, Gutkind, Max Weber, Thomas Mann et des milliers d'autres ne sont pas moins enthousiastes que lui. *Je suis mobilisé, hourra ! et je vais pouvoir combattre au champ de bataille, dans cette lutte du peuple le plus noble et le plus paisible contre l'envie et le désir de vengeance qui veulent lui serrer la gorge – Dieu soit loué.* À cinquante ans, il se porte volontaire, mais il est probablement trop vieux pour être soldat, en tout cas il ne combattra pas avec des armes, sur le champ de bataille, et devient chef de l'administration civile de la V^e^ armée, à Montmédy, en Lorraine. Peu avant le début de la guerre, les Français avaient inauguré une ligne de chemin de fer reliant Montmédy à Verdun qui est bien utile maintenant aux Allemands pour réapprovisionner le front. *La cloche mondiale doit sonner douze longs coups. Mais le premier coup en annonce déjà le son : dur ! d'airain ! invincible !*

Ces hourras sonnent une apothéose et en même temps un tournant. C'est l'époque la plus lamentable de la vie de Sanderling. Et ce n'est pas le siècle qui m'en sépare qui me fait voir les choses de cette façon ; parmi ceux qui ont eu la primeur de cette époque, certains avaient déjà un point de vue semblable, à commencer par son ancien ami Landauer : *Celui qui prend ainsi des allures de grand inquisiteur et qui voudrait faire passer sa propre médiocrité pour une loi divine n'est ni allemand, ni humain, ni divin, mais un dilettante peu sûr de lui, se dissimulant sous une robe de curé, en conflit avec lui-même, et donc obligé de jouer les hommes très sûrs d'eux et impérieux.* Bien envoyé ! lancent les Français depuis leurs tranchées. Un portrait psychologique lucide, une caractérisation qui paraît juste. Et qui ne décrit pourtant Sanderling qu'à moitié. Car il a une tête de Janus, cet homme. Les descriptions de sa personne qui nous sont parvenues le prouvent. Il ressemble à une de ces images qui, selon la façon qu'on les regarde, montrent une tête de lapin ou une tête de canard. Mais, contrairement à ces images doubles, le lapin et le canard sont visibles en même temps chez Sanderling, ils ne sortent pas l'un sans l'autre, comme Dr Jekyll et Mr Hyde – *et voilà comment quelqu'un qui, à l'origine, ressent les choses avec bonté arrive à abuser de la langue de sa raison à des fins suprêmement mauvaises et présomptueuses.* C'est encore Landauer qui l'écrit.

Qu'un homme, ou une chose, ait différents aspects et puisse être vu de telle ou telle façon est certes la chose la plus banale du monde. Or, chez Sanderling, c'est un abîme qui sépare les deux moitiés de son être. Elles sont plus écartées qu'un homme ne peut ordinairement le supporter et, bien souvent, elles menacent de le déchirer.

*Réveillé d'un rêve. D'une ivresse.* Dès les premiers jours de janvier 1915, il revient à lui – à son autre « lui » – avec une énorme gueule de bois. C'est le genre de gueule de bois qui ne passe pas. Quelques semaines plus tard, son fils aîné Wilhelm est tué en Champagne.

*Dans cette guerre, j'ai deux êtres humains sur la conscience. L'un était un porcher à propos duquel, conduit sur ce qui était peut-être une fausse piste par deux de mes policiers, j'avais non seulement des soupçons, mais je lui ai parlé durement, je me suis emporté dans les paroles et les gestes – j'ai agité une cravache devant lui – pour lui faire avouer ce qu'il savait ; ensuite, comme la nuit tombait, j'ai dû le faire enfermer jusqu'au lendemain matin, on l'a alors retrouvé – il passait pour être un peu simple d'esprit – pendu et mort.*

*L'autre est mon fils aîné. Il y avait quelque chose en moi – et ce n'était pas peu – qui exigeait sa mort. Qui blâmait, et trouvait lâche et avide de bonheur, l'espoir de pouvoir de nouveau le serrer contre mon cœur, sauf et couvert de gloire. Quelque chose qui s'est contraint à ce sacrifice, comme Abraham au sien. Pour le dire sans comparaison idéalisante : qui s'est infligé, qui lui a infligé cette cruauté.*

Il se passe quelque chose d'étrange avec les mots du passé qui résonnent jusqu'à nous. Ce sont les mots d'un homme mort depuis longtemps, et pourtant, que de vie il y a encore en eux, que de chaleur ! Un instant auparavant, cet homme se dressait devant moi dans son armure de guerrier et faisait sonner la grande cloche mondiale. Maintenant, tout airain est retombé. Le feu, qui flambait jusqu'à la folie, couve sous la cendre. Pour la première fois, je pourrais lui adresser la parole, lui murmurer à l'oreille quelque chose comme : mon cher vieil arrière-grand-père.

Mais le plus curieux, c'est que le temps s'est évanoui. Cette masse de temps qui faisait bloc entre nous et qui était faite de ce matériau malléable, changeant, qu'est la langue, et d'innombrables autres composants – cette masse n'existe plus. Devant un être nu et malheureux, tous les murs du temps, si épais fussent-ils, se délitent.

Je relis une nouvelle fois ce passage dans le journal de Sanderling. Sait-il encore à cette heure pourquoi il avait absolument, furieusement voulu cette guerre – pour combattre le *mercantilisme anglais* ? Pour sonner l'avènement d'un *renouveau allemand* ?

À son réveil, il aperçoit le porcher. Il le met à côté de son propre fils – non, *devant* lui. Maintenant, au milieu de la guerre, commence une ère nouvelle, un renouveau non pas pour le peuple allemand, mais pour le seul Sanderling. Car il n'a pas que deux morts sur la conscience, le porcher et le fils. Il a voulu cette guerre, cette *tuerie sauvage*, c'est vrai, mais il y a autre chose : il en avait besoin. Il en avait besoin comme un volcan a besoin de cracher le feu, et l'orage d'éclater en éclairs et en coups de tonnerre : cette guerre était l'inévitable décharge que son extrême tension intérieure réclamait, le coup de sabre nécessaire pour défaire le nœud dans sa poitrine et dans sa tête ; la décrispation de sa musculature mentale.

Derrière le porcher et le fils, il y a des millions de morts, de blessés et d'estropiés. Il voit un défilé interminable passer devant lui nuit et jour, il voit ceux qui sont assis au coin des rues, leur jambe de pantalon ou leur manche de chemise vides soigneusement nouées, devant eux un bonnet renversé dans le creux duquel nagent quelques petites pièces de monnaie.

Il les a tous sur la conscience.

C'est faux, bien sûr. Comment un seul être pourrait-il porter une telle responsabilité ?

Et pourtant, c'est vrai. Ses hourras, et les hourras des autres, continuent à lui percer les oreilles. En l'espace de quelques mois, il s'est calmé, sa voix a baissé. Il est devenu plus calme et plus silencieux qu'il ne l'a jamais été. Sa conscience sait de quoi elle est responsable. Il lui fait confiance. Du coup, il se rend compte qu'il a de nouveau confiance en Dieu. Car la conscience et Dieu, il ne réussit pas à les penser séparément ; d'ailleurs, il n'essaie même pas. Pour la première fois depuis qu'il a quitté sa communauté de Połajewo, il reçoit le sacrement de l'Eucharistie.

La conscience : quelle est cette belle et étrange chose ? Dans la conscience habite le savoir – ressenti – de ce qui est juste ou injuste. Mais ce savoir, d'où vient-il ? Qui nous en a doté ? Est-ce un des nombreux phénomènes qui nous séparent de ceux qui ont vécu avant nous ? Est-ce lié à Dieu de façon aussi insoluble que Sanderling l'éprouve ? Pourquoi continuons-nous donc à avoir une conscience ? Car nous continuons à en avoir une, même si nous ne l'écoutons pas souvent.

Peut-être est-ce la direction dans laquelle cette conscience nous pousse qui peut varier ; le fardeau dont elle nous charge. D'une époque à l'autre, d'un être humain à l'autre, la voix de la conscience varie, mais elle existe, elle est ce témoin de tous les instants, cet étranger, ce juge planté au plus profond de nous-mêmes, impossible à chasser, qui est au courant de toutes nos pensées et de tous nos actes, même de ceux qui ne sont connus que de nous seuls. N'est-ce pas ainsi depuis que les hommes savent témoigner de leur existence et de leurs combats intérieurs, ou même avant ? Ainsi la conscience abolit-elle le temps. D'un être qui débâillonne cet étranger en lui et le laisse parler, aucun temps ne me sépare. Il est mon contemporain, il partage le même temps, si loin de moi soit-il : l'étranger qui habite en lui m'est plus familier qu'il ne l'est lui-même ; il est notre ami et notre ennemi à tous deux. Cet ami-ennemi ne se contente pas de bonnes pensées. Il veut voir des actes. Mais lesquels ?

Dans un des écrits tardifs de Sanderling me saute aux yeux le mot *Täter*, littéralement « celui qui fait », et qui se traduit généralement en français par « criminel » ou « bourreau ». Comme ce mot est loin, chez Sanderling, de l'unique acception qu'il a aujourd'hui ! Chez lui, les *Täter* sont encore le pendant des *Denker*, des penseurs. Je n'en crois pas mes yeux. J'ai l'impression de voir le mot pour la première fois, dans son enfance irrémédiablement perdue. Presque tendrement, je regarde la manière dont il est enchâssé dans la phrase, où il tient le beau rôle du travailleur manuel. Dix ans plus tard, le mot est déjà en chemin vers son nouveau pendant : la victime.

Mais revenons encore une fois à la Grande Guerre.

En 1914, il reste dix ans à vivre à Sanderling, mais je suis la seule à le savoir. J'aimerais le bousculer, lui crier : Tu n'as pas l'éternité devant toi ! Toutes ces errances, tous ces détours ! Avec ton extrémisme, avec ta belle ou ahurissante intempérance, tu t'es jeté dans telle tâche, puis dans telle autre. Maintenant, recueille-toi, concentre-toi sur l'essentiel. Et essaie de mener une chose à sa fin.

Sanderling n'a pas à écouter les conseils d'un descendant lointain. Il continue à vivre – non pas à se laisser vivre, ça, il ne l'a vraiment jamais fait ; il est infatigable. C'est plutôt qu'il s'agite dans toutes les directions à la fois, autant dans la sphère du réel, du pratique, que dans celle de l'esprit. Mais toujours, dans sa quête tâtonnante, il s'écarte des chemins praticables et de ce centre qu'il cherche si passionnément, et jusqu'à l'exténuation, encore au moment des derniers grands efforts de sa vie.

En 1917, il devient directeur adjoint de la coopérative Raiffeisen, à Berlin. À l'origine, une coopérative Raiffeisen, c'était une banque locale mutualiste, l'association d'au moins sept paysans qui cherchaient à se protéger des usuriers. Aujourd'hui, ces initiatives locales se sont transformées en instituts financiers agissant mondialement et dans les mêmes intérêts que n'importe quelle autre banque. Le fondateur, Friedrich Wilhelm Raiffeisen, était chrétien ; il était convaincu que ce genre de coopératives ne devait pas servir des intérêts individuels et ne pourrait subsister *que s'il se fondait sur une forme d'auto-assistance, autrement dit, qu'il ne devait être composé que de personnes qui ont besoin d'aide personnellement*. En 1917, Raiffeisen était déjà mort depuis près de trente ans.

Ce que Sanderling voit alors à l'œuvre, plutôt que l'intérêt commun, ce sont des *intérêts particuliers réunis*. Aussi ne reste-t-il dans ses fonctions que pendant trois ans. Si pressant que soit son besoin d'agir dans la vie pratique, il tient rarement en place plus de quelques années. Plus il se démène, et plus il voit l'écart se creuser entre les deux pôles de son existence, l'idéal étant toujours le premier hors d'atteinte. Or ces deux pôles, le réel et l'idéal, ne sont pas pour lui des idées ou des concepts, autrement dit des formes aériennes et floues, mais les deux bouts du chevalet sur lequel il est attaché, ce sont ses propres extrémités douloureuses, écartelées.

À Berlin, il retrouve Gutkind et Buber. Ces derniers le confortent, *si cela était encore nécessaire*, dans le sentiment oppressant que *cette guerre n'aurait pas pu éclater ni être menée ainsi si les hommes de Potsdam s'étaient montrés à la hauteur de leurs aspirations – un solide rempart spirituel opposant son autorité à l'angoisse qui étreint un monde désemparé.*

Les hommes de Potsdam, ce sont ces huit personnages qui se sont réunis avant guerre, cette « communauté pneumatique » qui, lors de son unique réunion, s'apprêtait à faire sortir le monde de ses gonds ; le Cercle de Forte, qui n'avait de force que dans son nom. Presque tous sont aujourd'hui oubliés.

Chez Sanderling, il n'y a pas seulement la honte d'avoir jubilé, d'avoir pris part à la grande mobilisation générale, ni le fait d'avoir le porcher et son propre fils sur la conscience. Il est persuadé qu'il aurait pu, avec une poignée d'autres, éviter la guerre. C'est à peine croyable. Qui est donc cet homme pour se croire capable de diriger le destin d'un pays, et même de l'Europe et du monde ? Comment lui vient-il la conviction inébranlable de sa propre valeur, de l'importance de ses décisions et de ses actes pour la suite de l'Histoire ? Tu n'es pas Napoléon, ai-je envie de lui crier, ni Bismarck, ni Alexandre le Grand.

Il est peut-être le plus grand de tous, parmi ce petit cercle de grands mégalomanes des années d'avant guerre.

D'où procède cette assurance ? Est-elle fondée, ou est-ce de la pure présomption ? Les deux ?

Il me revient à l'esprit qu'à Połajewo Sanderling avait voulu enseigner lui-même à son fils aîné – le même qui sera tué un peu plus tard, au début de la guerre –, et qu'il avait senti peser sur lui, et donc sur son garçon, tout le poids de l'humanité et de la divinité. Il n'est plus pasteur depuis longtemps, mais ce poids continue à peser sur son âme.

Sa mégalomanie s'exprime moins en sentiments de puissance voluptueux qu'en tourments moraux permanents et démesurés. Il prend conscience qu'il a remplacé le royaume de Dieu par un Empire allemand qui ne pouvait être que prussien. À la place de Dieu, il a mis le vieux Fritz (Frédéric II). Et, en effet, à la distance quasi intergalactique qui est la nôtre, il faut dire que les deux ont une certaine ressemblance.

Bien sûr, ces moqueries sont un peu faciles : il suffit d'un léger éloignement pour que ce que d'autres prenaient terriblement au sérieux nous paraisse ridicule. Je peux bien céder à cette tentation, je serai punie en étant bientôt moquée de la même façon. En réalité, je ne prends même pas ce risque-là : le sérieux, ce sérieux qui suscite la moquerie, n'a pas survécu, il a sombré au cours du siècle, avec le reste. Aujourd'hui, c'est d'un abri sûr que les ironiques décochent leurs flèches. Mais est-il donc si risible qu'un homme croie en un État comme en un phénomène sacré ? D'autres, dont on ne se moque pas et qu'on continue d'honorer, ont échangé le règne de Dieu pour celui du prolétariat, avec des conséquences non moins sanglantes. Je me défends contre la tentation de camoufler mon effroi sous la dérision.

Sanderling n'a pas oublié ce qu'il a écrit à ses *chers amis* du Cercle de Forte pour justifier qu'il ne viendrait pas à la deuxième rencontre prévue : qu'il était maintenant *tout sang et tout nerfs, un cheval de bataille frémissant. Le cheval de bataille de l'armée allemande, mais aussi une part de l'ange portant l'éternité.*

Le cheval de bataille n'a jamais combattu dans aucune guerre. Il avait passé l'âge d'être soldat. Le vieux cheval a fait ce qu'il savait faire : il a administré. Et il a frémi sur ses dossiers. Comme une partie de l'ange qui porte l'éternité ?

Sanderling est sensible à beaucoup de choses, sauf à son propre ridicule. Ah, si tout le monde pouvait l'avoir, ce sens-là ! Serait-ce là une planche de salut ? Plus personne pour se rengorger, prendre des allures d'empereur ni de cheval de bataille frémissant. Mais comment distinguer nettement le bel enthousiasme, une vivacité tempétueuse et ardente, d'un côté, et la surexcitation présomptueuse, l'hystérie et, en fin de compte, la bêtise, de l'autre ? Comment se débarrasser de ces dernières en gardant les premiers ? Y aurait-il encore des créations grandioses, démesurées, si tout le monde avait un sens très marqué de son propre ridicule ? D'ailleurs : comment faudrait-il le développer, ce sens-là ?

Faudrait-il instaurer pour chaque élève allemand – chez les autres, cela paraît un peu moins urgent – deux heures de cours par semaine en science du ridicule ?

Je revois le cheval de bataille Sanderling. Comme son galop est bref, comme la chute vient vite ! Impossible de se moquer d'un homme à terre qui a honte de lui-même et de son extase sanguinaire qu'il reconnaît maintenant pour ce qu'elle était : une *soûlerie*. L'ébriété s'est dissipée. Le temps du carnaval est terminé.

Ce qui a été humain se transforme en *soif de sang cannibale*, ai-je lu dans son livre sur les origines du carnaval ; lors de la fête de Dionysos, le roi est déchiqueté vivant par sa propre mère, et les dames de la société s'abattent comme des chiens de boucher sur un enclos de bovins. L'omophagie, ce rite qui consiste à dévorer la chair crue du sacrifié, faisait partie du culte rendu au dieu.

En quatre ans, pas loin de vingt millions d'hommes ont été déchiquetés ainsi. Il me faut plusieurs grandes villes pour remplir ce chiffre alors que j'échoue déjà à me représenter la population d'une seule d'entre elles. Paris et sa périphérie comptent douze millions de personnes, paraît-il. Dionysos s'est goinfré ; le voilà pris de nausées. On serait tenté de croire qu'il ne pourra plus rien avaler pendant des siècles. Quand on est né quelques décennies plus tard, on sait que l'avidité de ce dieu-là ne connaît pas de limites.

Pour les Babyloniens, écrit Sanderling, la terre était à l'image du ciel. Ils mettaient en accord tout ce qui se passait sur terre avec les lois célestes, les trajectoires des astres. Car les étoiles étaient pour eux des signes de vie des dieux, c'est à travers elles qu'ils se manifestaient – *et nous pouvons imaginer maintenant quel tremblement parcourut la Chaldée quand le calcul se révéla faux, que l'harmonie entre le ciel et la terre fut rompue, que les plus grandes divinités révélées, le soleil et la lune, ne purent entrer dans le même schéma de calcul !*

Pour les y faire entrer, ceux qui naîtront plus tard ajouteront un jour surnuméraire tous les quatre ans. Mais la peur et l'effroi étaient dans le monde : dans le ciel, à certains moments, la lune et le soleil *refusaient le service simultanément*, les rythmes lunaire et solaire n'étaient pas en parfaite harmonie. Cette découverte ouvrit dans le calendrier le *trou du désordre*, elle provoqua le déchaînement du carnaval. La raison se changea en déraison ; ce qui était humain en persiflage de l'humain. Commença alors le court interrègne du prince Carnaval. Peut-être, écrit Sanderling, ce piétinement du temps, cette perturbation de sa belle régularité n'ont-ils pas provoqué que de la peur, mais correspondaient-ils au contraire à un besoin profond de déchaînement, d'ivresse et de bestialité, chez l'homme.

Je ne sais pas comment les choses se passaient chez les Babyloniens. Ayant déjà assez de peine à me transporter un siècle en arrière, comment pourrais-je comprendre les Babyloniens, du point de vue desquels Sanderling et moi sommes plus ou moins contemporains ? Mais je connais Kleist et Cervantès un peu mieux que je ne connais les Babyloniens, et j'ai l'impression sinon infaillible, mais tout de même assez sûre, que Sanderling ne parle ici pas plus des Babyloniens qu'il ne parlait ailleurs de Kleist ou de

Cervantès. Son essai est fondé sur une conférence qu'il a prononcée en 1909 devant la Société de sociologie de Vienne. Parmi ceux qui y prêtaient une oreille attentive, il y avait entre autres Hofmannsthal, qui jugeait sûrement très différemment de moi ce qu'il entendait – mais est-ce que je juge ? Non, mais je sens, plus que je ne pense, que ce qui est révélé ici, c'est sa propre fureur à lui, Sanderling, son propre besoin de déchaînement et de sauvagerie qu'il a toujours dompté avec beaucoup de détermination et de volonté. C'est sa propre folie ; la même qu'il voyait reflétée dans les yeux de cet Hercule rugissant, dans l'asile de fous de Poznań.

Maintenant, il en pourvoit les Babyloniens ! Et ce, cinq ans avant que n'éclate la guerre. L'homme moderne dont il parle n'est autre qu'un être aussi peu moderne que possible, autrement dit lui-même, vu d'aujourd'hui. *Un séisme parcourt sa poitrine sitôt que les voix de l'ivresse menacent son travail, qu'une guerre se profile, que ses désirs réprimés se mettent à aboyer contre la discipline qu'il s'est imposée à lui-même.*

Se peut-il qu'on ne soit jamais seul à penser ou à ressentir de telle ou telle façon ? Que ce que nous prenons pour notre sensibilité singulière ne soit jamais que le reflet d'une sensibilité collective ? Ou du moins en grande partie ? Car ce n'est pas que sa propre folie qui gronde en Sanderling. Le carnaval du Moyen Âge est un phénomène indigne d'intérêt et dérisoire, à ses yeux. C'est maintenant, dans son propre présent allemand, qu'il pressent la survenue d'un temps qui n'entre pas dans le calendrier, d'un temps en dehors du temps. Tel un Indien d'Amérique, il pose son oreille contre le sol et entend, anxieux et avide, le frémissement de l'ancien carnaval barbare. Bientôt reviendra cette courte journée où les esclaves seront les maîtres et où les dieux seront l'objet de toutes les railleries. Le jour du grand massacre, lorsque le temps s'arrêtera. À la fin de cette journée, il aura déchiqueté son propre fils avec les dents.

Dans la glace, il ne reconnaît plus le cheval de bataille frémissant. C'est l'heure du refroidissement.

En Normandie, les journées les plus chaudes de l'été sont déjà passées, nous sommes à la fin du mois d'août. La nuit, je suis assise dehors, la tête penchée en arrière, et les étoiles filantes me tombent dans les yeux. Derrière les étoiles qui scintillent au-dessus de ma tête, d'innombrables autres étoiles invisibles sont lancées sur leurs trajectoires si lointaines que nul télescope ne parvient à les atteindre. Ces constellations, qui se perdent dans des étendues inimaginables, sont soumises à une régularité. Cette régularité n'est pas absolue, elle inclut de légères dérivations. Et ces légères dérivations conduiraient donc à l'ivresse et au massacre ? J'essaie de suivre le chemin de pensée de Sanderling. J'aimerais le prendre au sérieux autant qu'il se prenait au sérieux lui-même. Je m'y efforce. Ses idées sur les origines du carnaval ne semblent pas avoir paru suspectes à Hofmannsthal ni à Benjamin, qui tous deux les connaissaient ; bien au contraire. Pourquoi me paraissent-elles si saugrenues ? Seule, face à ces trois grands esprits du XX$^{e}$ siècle, j'agite les armes-jouets de mon cerveau devant leur nez. Notre calendrier solaire n'est-il pas la vaine tentative de coucher sur du papier à carreaux l'étendue et la profondeur impensables du ciel ? De faire des trajectoires des astres un indicateur horaire de chemin de fer ? Le calendrier est une *approximation*. Dans le calendrier se révèle l'impossibilité à mettre en accord le temps céleste et le temps humain. C'est ainsi que les choses m'apparaissent tandis que les étoiles nagent dans mes yeux grands ouverts et dans la mer proche.

Comment la révélation des irrégularités célestes pourrait-elle provoquer un blasphème, puis un carnage universel ? La raison et la déraison, l'ordre et le désordre sont-ils l'affaire des dieux ? Le monde des Babyloniens se serait-il écroulé parce que les astres ne voulaient pas avancer en formation rangée, comme un régiment d'infanterie prussien ? Je tire mon épée de bois et je dis tout de go à ces trois grands hommes : Ici, l'envie de transgresser les lois et de se moquer de toutes les contraintes a été coiffée d'une coupole céleste, car, sans cette voûte infinie, qu'en resterait-il ?

Le lendemain matin, je feuillette un supplément de *La Manche libre* qui commémore le soixantième anniversaire de sa fondation en 1944, peu après la libération du département. Je regarde les photos des villes à proximité desquelles je me trouve. Saint-Lô, Avranches, Caen, Coutances, Valognes sont en ruine. Je m'arrête sur la photo d'une rue ensoleillée et pleine de gens qui avancent en direction de l'objectif, que personne ne regarde. Tous les yeux sont fixés sur les deux femmes au centre de l'image. Sous leur calotte crânienne rasée, leurs regards sont baissés. Parmi la foule qui les mène à travers la ville, il n'y a presque pas de femmes, ce sont des hommes ou des garçons qui les accompagnent, à pied ou à bicyclette, et qui tournent la tête vers elles ; certains rient, d'autres s'adressent à elles – le son est coupé depuis longtemps, tant mieux. Un grand adolescent à lunettes ayant poussé trop vite, en culottes courtes et chaussettes hautes, marche tout près de la plus grande des deux femmes. Il a sur les lèvres un sourire grivois, et sa main esquisse un geste obscène. Les bouches béantes, les regards mauvais et railleurs, tous dirigés vers les deux femmes qu'on exhibe, les yeux baissés de ces dernières, la construction de l'image focalisée sur la souffrance en son centre : tout cela rappelle de vieilles représentations peintes du chemin de Croix. Les moqueurs, les poursuivants, les tortionnaires, les voilà. Mais où sont donc la mère éplorée, l'ami impuissant, inconsolable ?

La légende indique combien de femmes ont été rasées et conduites à travers les villes et les bourgs dans le seul département de la Manche. On les accusait de ce qu'on appelait la *collaboration horizontale*, c'est-à-dire de relations amoureuses avec un Allemand, mais il suffisait qu'elles lui aient vendu quelque chose ou aient habité la même maison. Le 14 juillet 1944, lis-je, une douzaine de femmes ont été rasées en place publique puis forcées à monter sur une remorque qu'on tirait à travers les rues de la ville, sous des roulements de tambour. On appelait ce véhicule le *char des collaboratrices*. Ces défilés, qui ont eu lieu dans tout le pays, sont connus sous le nom de *carnaval moche*. 1944 était une année bissextile.

La légende dit par ailleurs qu'afin d'éviter d'autres actions punitives de ce genre le gouvernement transitoire avait promulgué des lois qui sanctionnaient rétrospectivement la collaboration avec l'ennemi. Il fallait faire entrer le besoin de martyriser et d'humilier autrui dans un cadre légal. Je lis qu'à côté d'autres formes de collaboration on avait pénalisé la *collaboration sentimentale* ou *amicale*. L'amour de l'ennemi.

L'ennemi est toujours l'Allemand, pour un Français, et inversement. Cela me ramène à Sanderling et à son dernier livre, paru en 1924, que je n'ai toujours pas lu parce que je n'ai pu l'extirper ni à mon père ni aux archives berlinoises, même pas sous forme de copie, mais dont je sais qu'il y appelle les Allemands à participer activement à la reconstruction de la France et de la Belgique. Le livre s'intitule *Deutsche Bauhütte*, ce qui signifie « fabrique allemande », une allusion aux bâtisseurs de cathédrales ; c'est d'une reconstruction spirituelle et morale qu'il semble être question. Il a dû être tiré à peu d'exemplaires. Chez les libraires d'ancien globalisés, on en trouve en tout et pour tout deux exemplaires à un prix élevé. Je me résous à commander le moins cher (à cause de soulignements) chez un libraire de Lübeck.

En attendant de recevoir ma commande, je réfléchis aux thèses sur le concept d'Histoire de Benjamin, qui ne sont pas sans lien avec l'essai sur le carnaval de Sanderling. Ce dernier s'est lié d'amitié avec Benjamin par l'intermédiaire des Gutkind, et Benjamin veut imprimer son essai sur le carnaval dans sa revue *Angelus Novus* qui ne verra jamais le jour.

Le carnaval de Benjamin ne va pas tarder à s'appeler : révolution. Ce sont des mouvements non dans le ciel mais entre les humains qui provoquent l'arrêt du temps. À différents endroits de Paris, écrit-il, on a tiré sur des horloges lors des premiers combats de la révolution de Juillet. Le vieux temps devait s'arrêter, un nouveau commencer. L'entre-deux, ce moment hors du temps où les cartes sont redistribuées, appartenait au déchaînement, à un monde extra-ordinaire et sans loi. Mais ici ce ne sont pas les dieux à qui on montre les dents, ce sont les dominants. Je lis les alexandrins balourds de l'immortel Joseph Méry qui illustrent cette thèse (la quinzième). Je n'y peux rien : il me semble à peu près aussi judicieux de tirer sur une horloge que de tirer sur un thermomètre lorsqu'on a trop froid ou trop chaud. En même temps, c'est comme si j'avais ouvert le Talmud et que j'avais la prétention de vouloir le comprendre. *Sur le concept d'Histoire* ne fait pas plus de quelques pages. La quintessence de l'incompréhensible, dit-on. Et pourtant, de temps à autre, je comprends quelque chose. C'est louche. Personne n'y comprend rien, et moi, justement, j'y comprendrais quelque chose ? Je relis tout depuis le début. Et ainsi de suite. Arrivé à la septième thèse, j'ai l'impression – dont je me méfie énormément, mais sans parvenir à la réprimer tout à fait – qu'elle me concerne personnellement. C'est le mot *empathie* qui m'inspire ce sentiment présomptueux. Dans la septième thèse, qui suscite au plus haut point mon esprit de contradiction, sont mises face à face deux possibilités d'envisager l'Histoire, l'historicisme et le matérialisme historique. Le premier procédé, en usage au XIXe siècle, est fondé sur l'empathie, écrit Benjamin. Celle-ci *est née de la paresse du cœur, de l'acedia, qui désespère de maîtriser la véritable image historique qui brille de façon fugitive.* Cette paresse du cœur ou profonde tristesse viendrait de ce que l'historien s'identifie inévitablement aux régnants, aux vainqueurs. Ce serait également le cas de Flaubert écrivant *Salammbô.*

Est-ce que Benjamin a raison ? Je me sens bien téméraire de me poser la question. Du coup, je relis *Salammbô.* Ce qui triomphe là, c'est en effet Carthage, mais non en tant que régime oppresseur, mais comme règne d'une sensualité extrême, sauvage. Situé peu après la première guerre punique, le roman raconte l'amour que le mercenaire Mathô, un « barbare », voue à la fille d'Hamilcar. À la fin, Mathô meurt dans des souffrances atroces sous les yeux de Salammbô, en lui dédiant en quelque sorte sa mort sous la torture. Face au mercenaire amoureux et sacrifiant sa vie à son amour, Hamilcar est dépeint comme un homme froid, un grand stratège militaire dénué de scrupules qui finira par empoisonner sa propre fille. Et Flaubert se trouverait donc de son côté ?

D'ailleurs, il me semble que Benjamin commet une faute de raisonnement (sans doute prouverai-je par la suite à Einstein qu'il a commis une petite erreur dans sa théorie). Le procédé de l'empathie aurait son origine dans la paresse ou tristesse du cœur. Or, d'après Benjamin, c'est bien l'empathie qui fait naître la tristesse, en ce qu'elle est toujours identification aux régnants. Comment la paresse ou tristesse du cœur pourrait-elle être à la fois l'origine et la conséquence d'un seul et même phénomène (l'empathie) ?

J'appelle mon ami Pierre, l'homme qui a la tête d'une statue de l'île de Pâques et l'un des hommes les plus intelligents que je connaisse (il n'y a pas que la tête qui pense, chez lui, mais aussi le cœur et les sens) et je lui demande de m'expliquer la septième thèse sur le concept d'Histoire de Benjamin. En deux secondes, il a tiré d'un rayon de sa bibliothèque la traduction française de l'ouvrage.

Nous tombons d'accord sur le fait que Flaubert n'est pas du côté des vainqueurs. Pourquoi un écrivain en prise avec l'Histoire sympathiserait-il inéluctablement avec les vainqueurs ? Un écrivain n'est-il pas par définition quelqu'un à qui toute identification aux vainqueurs est étrangère ? À moins que ceux-ci ne se révèlent être les perdants, en fin de compte.

La thèse se poursuit par l'idée que les biens culturels seraient le butin d'un cortège triomphal et qu'ils témoigneraient donc toujours d'une barbarie. Je demande à Pierre comment un homme universellement respecté, et même adulé, comme Benjamin a pu s'écarter autant des libres trajectoires de sa pensée singulière pour se mettre sur des rails préfabriqués. Bon, bon, ne m'engueule pas ! dit Pierre. C'est une de ses répliques favorites : chaque fois qu'on s'irrite ou qu'on s'indigne en sa présence, il fait semblant de se croire l'objet de cette irritation.

D'ailleurs je ne comprends pas, lui dis-je, pourquoi cette identification avec les vainqueurs, si tant est qu'on y parvienne, attristerait qui que ce soit. Les vainqueurs eux-mêmes sont très satisfaits d'eux-mêmes ; d'excellente humeur et sans scrupule, ils avancent dans leur cortège triomphal. Pourquoi ceux qui se reconnaîtraient en eux seraient-ils malheureux ?

Parce qu'ils ont mauvaise conscience, dit Pierre. Ce n'est pas explicité, mais ce que Benjamin pourrait vouloir dire, c'est que ceux qui s'identifient aux dominants ont mauvaise conscience à l'égard des perdants et des laissés-pour-compte. Qu'ils ressentent une sorte de douleur vague et sourde.

Cette explication me paraît à peu près plausible, bien que je ne comprenne toujours pas pourquoi les puissants eux-mêmes ne ressentiraient pas cette douleur, mais seulement leurs sympathisants. N'auraient-ils pas plus de motifs d'avoir des états d'âme ?

Je demande à Pierre à quoi ressemble cette véritable image historique dont parle Benjamin, et qu'on ne peut apercevoir que furtivement, comme un éclair ; cette image que seuls les adeptes du matérialisme historique, qui ne sont pas tombés dans la paresse du cœur, savent reconnaître.

Benjamin était désespéré, dit Pierre. Dans son désespoir, il s'est persuadé lui-même et il en a persuadé d'autres qu'il croyait dans le matérialisme historique. À une rédemption. À la réalisation de tous les espoirs.

L'esprit de Pierre s'est échauffé maintenant, et sa voix suit les accélérations abruptes de sa pensée. Il me dit que, pendant longtemps, il n'était pas arrivé à bien saisir ce qu'il en était du messianisme de Benjamin, jusqu'à ce que, il y a des années, à Lisbonne, un chauffeur de taxi noir ayant beaucoup réfléchi à la question lui fasse comprendre quelque chose à ce mystère. Acculé, sans aucun espoir en l'avenir, Benjamin avait transposé l'avènement du salut dans le présent. Pour celui dont le cœur n'est pas trop paresseux pour la détecter, l'image du salut y brille par fractions de seconde. Benjamin savait qu'il n'y aurait pas de temps meilleurs. Et pourtant, le présent en renferme la possibilité ; une maigre suite de possibilités qui ne se réaliseront jamais.

Grâce à un chauffeur de taxi inconnu de Lisbonne, j'ai à mon tour l'impression d'avoir compris quelque chose (méfiance, méfiance) : la *véritable image historique* de Benjamin, ce sont peut-être ces éclats d'espoir perdus dans le présent.

À quelqu'un de désespéré, tout est permis, me dis-je ; même la foi dans le matérialisme historique.

Les thèses sur le concept d'Histoire sont parmi les dernières phrases que Benjamin ait notées. Le lendemain matin, ce sont les derniers mots imprimés de Sanderling que je trouve dans ma boîte aux lettres : le *Deutsche Bauhütte*, paru en 1924. C'est la mort, survenue rapidement, qui a fait de ces deux écrits des testaments ; ni les thèses de Benjamin ni le livre de Sanderling ne se voulaient tels. Je regarde le rouge sombre de la couverture cartonnée, au bord supérieur pâli. Le titre est écrit en lettres gothiques, tandis que le sous-titre et le nom de l'auteur apparaissent dans une écriture ronde, proche de la typographie actuelle. Ainsi le livre promet-il les deux : l'ancien et le moderne.

Dès les premiers mots j'entends la voix d'un individu s'adressant à une multitude d'autres individus. Le son de cette voix me touche étrangement. Je croyais pourtant la connaître un peu, depuis le temps. J'y perçois quelque chose comme de la pierre et du feu, mais c'est un feu qui couve, un feu de braise. La voix qui s'élève m'est familière, et pourtant elle a changé : toutes les crispations se sont desserrées. La simplicité était chose impossible jusque-là, et sans doute l'est-elle encore. Mais on n'est plus étouffé par un lacis de phrases tortueuses. Je respire librement à travers les premières pages, stupéfaite de voir cet être nouveau qui s'avance vers moi. *On écrit moins ces choses-là qu'on n'est écrit par elles.* C'est exactement cela. Je n'aurais pas su si vite mettre des mots sur ma première impression, mais c'est bien cela : c'est à un être humain écrit que je fais face. En effet, il y a parfois des tentatives ou des témoignages, fruits de longs et violents combats intérieurs et de métamorphoses, qui nous parviennent plus vifs que morts.

Je lis, captivée. C'est pour faire émerger ces pensées-là que Sanderling s'est mis en chemin, il y a longtemps. Sans réserve, il s'est précipité dans les directions les plus diverses, il s'est voué corps et âme au christianisme, puis au prussianisme, sans jamais économiser ses forces. Je l'ai accompagné dans ses zigzags et ses revirements, je suis descendue avec lui dans des abîmes, plus avancée que lui, mais dans le temps seulement. Je savais comment les choses évolueraient après sa mort. Et, enfreignant mes résolutions, je n'ai pas pu m'empêcher de chercher des indices qui annonceraient la suite, afin de pouvoir me déplacer d'une génération disparue à l'autre, comme sur les planches, nouées ensemble, d'un pont suspendu. Quand j'ai vu entrer Sanderling dans l'asile de fous, et que je l'ai entendu poser au médecin la question fatidique, j'ai cru voir un tel indice. Mais les générations d'une famille ne se prêtent pas à la construction de ponts.

Contrairement à ce que j'avais pensé et craint, je n'ai pas avancé vers les origines, ni encore moins vers *une* origine du meurtre *made in Germany*. Non, ce n'est pas chez Sanderling qu'on peut la trouver. Sa route s'arrête avec lui. La voie qu'indique son dernier livre n'aurait pas passé par des cadavres ni mené à des monts géants. À la fin de sa vie, Sanderling s'est trouvé à la croisée des chemins, et il a parlé d'une voix forte et claire. Personne ne l'a entendu.

Maintenant que sa vie touche à son terme, il est arrivé en haut d'une éminence d'où il peut regarder à la ronde, et je sens la force, la générosité qui m'attirent et voudraient me hisser jusqu'à lui. Je l'ignorais en commençant ce voyage, mais c'est pour suivre ces pensées que je suis partie, il y a longtemps.

*Cet homme est fou !* Oui, il est même plus fou que jamais, mais dans un sens nouveau, et beau. Avec le même extrémisme qu'il a toujours mis en toute chose, Sanderling s'évertue à vouloir réconcilier des contraires. Le juste milieu, le centre tant désiré, se situe plus que jamais entre le réel et l'idéal, entre l'action, l'envie de prendre les choses en main, et le but qui reste toujours hors d'atteinte. Si un croisé ou un ayatollah se mettait en chemin afin de prêcher la raison et la modération de par le monde, l'effet ne serait pas plus étrange. Mais est-ce donc modéré, est-ce raisonnable, ce que Sanderling demande ? La guerre est perdue, la misère dans le pays est aussi grande que l'indignation face au traité imposé par les vainqueurs. Ce que Sanderling prend pour un centre, un juste milieu, n'est-ce pas comme d'habitude beaucoup plus près de l'idéal que du réel ?

Ce qu'il demande en premier lieu ne peut que sembler voué à l'échec à n'importe qui d'autre qu'à lui-même. Voilà un Allemand qui s'adresse à tous les autres Allemands – non pas à la nation allemande mais à tous les individus allemands – et qui les appelle à participer activement à la reconstruction des territoires français et belges qu'ils ont dévastés pendant la guerre. À *réparer*, non pas *au-delà* des dédommagements très importants qui ont dû être concédés par l'Allemagne, mais *indépendamment* de ces dédommagements.

Vu la situation du pays, les chances que cet appel soit entendu paraissent particulièrement minces, mais seraient-elles plus grandes dans un autre cas de figure ? Est-il arrivé une seule fois dans l'histoire de l'humanité que les vaincus aient rebâti les maisons des vainqueurs ? Ou les vainqueurs les maisons des vaincus ? Que des gens, d'un côté ou de l'autre, aient été soucieux d'autre chose que de préserver leur vie, qu'ils venaient de sauver, et leurs biens ? Cet homme est fou.

La voie qu'il désigne n'est pas un chemin médian, c'est un sentier d'altitude. Ici, aucun arbre ne pousse ; l'oxygène se fait rare. Sanderling ne s'en rend pas compte, il est parti devant. Pour la première fois de sa vie, il croit avoir découvert un moyen terme souhaitable. Venez ! lance-t-il d'une voix confiante aux autres, dont il croit qu'ils le suivent. Il ne voit pas qu'il avance tout seul sur une crête de plus en plus acérée, au-dessus de crevasses glaciaires.

En le voyant ainsi, il est difficile de ne pas penser à la maladie qui, peu après, le tuera. Certes, la vie que l'on mène n'est pas forcément une cause, ni la maladie toujours un effet, pas plus qu'une époque ne conduit tout droit à une autre. Et pourtant : est-ce un hasard si c'est sa moelle épinière, justement, qui sera atteinte ? L'épine dorsale n'est-elle pas le centre solide et invisible de notre anatomie ? Le corps entier n'est-il pas suspendu à la colonne des vertèbres ? La moelle épinière fait partie du système nerveux *central.* Elle est au centre du centre de l'homme.

Mais, pour l'instant, la maladie du centre ne s'est pas encore déclarée. Du haut de son sentier de montagne qu'il croit praticable, Sanderling s'adresse à ses compatriotes comme un des leurs, et non comme un homme meilleur ou plus malin. C'est à lui-même autant qu'à cette multitude d'individus qu'il demande de ne plus se boucher les oreilles, de cesser d'étouffer la voix de leur conscience. Car leur conscience leur dit qu'ils se cachent derrière des représentants politiques qui cherchent habilement à esquiver toute responsabilité, à contourner les engagements pris. Elle leur dit qu'ils doivent eux-mêmes, individuellement, se lever et aller aider leurs voisins. Elle ne se soucie pas des éventuels manquements ou crimes des autres, elle ne connaît pas ces balances qui servent à minimiser sa propre faute. Elle ne connaît que son seul fardeau, l'ordre reçu du dedans. *La double voix de l'avertissement intérieur.*

Peu d'hommes se sont trouvés plus isolés que Sanderling à cette heure. Les rares contributions d'amis, imprimées en fin de volume, de Benjamin, Buber et quelques autres, le font paraître encore plus seul. Intrépide et déterminé, il va au-devant d'une foule affamée, désespérée, enragée, dans le but de lui faire reprendre ses esprits.

C'est faux. Il ne va au-devant d'aucune foule. Il s'adresse à tous les Allemands, c'est vrai, mais séparément et non pas à une masse. Les masses, les nations n'ont pas de conscience, écrit-il. Il s'adresse à des individus à qui il ne demande pas de s'unir, tout au plus de se rassembler dans de toutes petites cellules qui préserveraient les individualités. Et de proposer leur aide à d'autres individus, à leurs voisins français et belges.

Il n'accuse pas. Sa conscience le fait souffrir, et c'est du fond de sa détresse qu'il parle ; pour lui et pour les autres. N'ont-ils pas voulu la guerre, tout comme lui ? N'ont-ils pas sacrifié leurs fils à un faux dieu ? N'ont-ils pas cru aux mensonges de ceux pour qui la guerre n'était qu'une gigantesque partie d'échecs, et qui ont risqué le tout pour le tout ? (Dans le jeu seulement, pas dans la vie.)

Je lis, non pas chez Sanderling mais dans un livre d'histoire, la réponse de Ludendorff à la question de savoir ce qui se passerait si la dernière grande offensive échouait : *Alors l'Allemagne périra.* La même phrase, ou presque, sera prononcée par quelqu'un d'autre, à la fin de la guerre suivante. Sanderling ne l'entendra plus. D'ailleurs, les grands joueurs l'indiffèrent. Il n'accuse personne ; même pas les plus coupables. Les puissants, les commandants en chef, les hommes d'État de toute nation – il les mentionne à peine. Peu lui importe quel pays à quel moment de la guerre s'est rendu coupable de quoi. La conscience ordonne à la raison, à cette instance qui fait la part des choses, de se taire.

Quelque chose d'étrange arrive parfois aux lecteurs. La plupart du temps, ils glissent à la surface des mots et ne peuvent ou ne veulent que se mouvoir en avant, et non en profondeur. Or il y a des livres, ou parfois certains passages d'un livre, qui empêchent le lecteur de se précipiter en avant ; qui le retiennent. Le livre que j'ai en main est de ceux-là. Je lis les pages où Sanderling évoque la conscience et je suis arrêtée, *saisie* par ce que je lis. En même temps, j'assiste à une étrange métamorphose : cet homme qui s'est consacré avec infiniment de passion et de pathos à des sujets qui m'inspiraient à peine un soupçon de chaleur, et dont la rigueur et le jusqu'au-boutisme m'ont souvent fait frissonner – comme sa voix a changé ! Des décennies durant, il a lutté, cherché, il s'est rué vers des buts toujours nouveaux, pour finalement rebrousser chemin, déçu ou furieux ; sa démesure et son intranquillité lui ont valu une vie dure et inconfortable. Pendant tout ce temps, je l'ai regardé, interloquée, et quelquefois, aussi respectueusement que possible, je l'ai un peu moqué. Et maintenant ?

Maintenant, c'est un inconnu qui se tient devant moi et qui me remplit d'admiration.

Ce n'est sans doute pas la sagesse qu'il atteint à la fin de sa vie ; à moins que la sagesse ne soit folie ? Qu'est-ce d'autre ? C'est de la grandeur, et de la beauté. Son livre a la beauté d'un être qui ne sait pas à quel point il est beau. Qui n'a jamais cherché à l'être. Qui a cherché quoi, alors ? Quelque chose qu'il ne saurait pas nommer lui-même. La beauté est survenue incidemment. Elle est la parfaite adéquation entre un homme en grande détresse et en plein épanouissement de ses capacités et sa parole.

Au commencement est la contemplation éperdue, l'étonnement, l'immobilisation, quand l'avidité de vouloir saisir, dominer, soumettre n'opère plus et que l'homme est *simplement réceptif, obéissant à la révélation qui lui est faite.* Voilà la contemplation, chez Platon, chez Goethe – et chez Sanderling qui les cite, et qui ajoute : une idée qui s'impose est une révélation, elle aussi, et veut être accueillie éperdument, comme n'importe quel autre phénomène. Parmi les idées, il compte les exigences de la conscience.

Certes, c'est à l'ici-et-maintenant qu'il songe, à la situation de l'Allemagne après la Grande Guerre. L'exigence de la conscience dont il parle est celle de l'instant, elle réclame la reconstruction des pays voisins dévastés. Mais il pense aussi, et peut-être plus encore, à tous les ici-et-maintenant à venir. À une *opposition permanente contre l'état de fait*, à une *inquiétude permanente de la conscience qui alarme l'État en ce que, de façon imprévisible, par à-coups – et non par un coup unique –, la conscience de ses citoyens lui fait honte et le complète.* Cette inquiétude permanente de la conscience constitue, selon Sanderling, la vraie révolution allemande encore à venir. Les révolutions passées étaient des révolutions de classes, écrit-il, elles étaient dirigées *contre* quelque chose, contre l'individu, contre le souverain, contre les oppresseurs, mais elles se sont embourbées dans la lutte des classes et n'ont jamais atteint la *totalité humaine. La suite de la révolution n'incombe plus à la classe ; elle est passée maintenant à l'individu.* Et elle devra être une révolution *pour* l'individu.

C'est une grande idée, et tout ce qui, en moi, est capable de penser et de sentir l'accueille éperdument. Oui : la roue de la conscience tourne sans fin, jamais elle ne se repose, jamais elle n'est satisfaite d'elle-même ni du monde. Contrairement aux autres révolutions, celle-ci ne travaille pas à sa propre fin. Elle n'atteint jamais son but. La conscience ne s'éteint pas.

À cet endroit du livre, je tombe sur une bien curieuse image : l'idée, écrit Sanderling, est *un être à part*, imprévisible, *qui surgit comme un enfant au sein d'un couple de parents.* Qui *fait son chemin*, qui a *sa forme et ses contours, ses capacités et ses besoins.* Ce que notre conscience exige de nous est une idée *faisant entrer en notre âme un devoir.*

Plus bas, il reprend cette image avec une petite variante qui me touche étrangement : *Chez les grands esprits reconnus*, l'exigence de la conscience est méprisée comme un *enfant illégitime.* La révolution allemande que le monde attend, la philosophie politique que ce livre esquisse – elles reposent, à ma joie secrète, sur cet enfant-conscience naturel, méprisé, qui doit donc chercher sa voie et essayer de survivre en dehors de tout ordre établi. Bien sûr, cette curieuse image n'est pas ce que je voudrais y voir : un petit signe qui, par-delà les années et les générations, me serait adressé. À moins qu'un tel signe n'émane tout autant de celui qui le reçoit que de celui qui l'envoie ?

Maintenant que je suis presque arrivée au bout de ma lecture, je suis frappée par une curieuse simultanéité : en

1924, au moment même où Sanderling appelle à céder au désir d'une *communauté humaine*, d'une action rassembleuse, à faire résonner toutes les voix ensemble, celles des catholiques, des protestants, des Juifs et des agnostiques, au moment même où il appelle à tendre la main aux voisins, quelqu'un d'autre, depuis sa prison de Landsberg, appelle à la haine. Il suffira dorénavant de mettre toute faute et toute responsabilité sur le dos de ceux qu'on hait, ou qu'on se persuade de haïr pour l'occasion. Même sans posséder l'édition en braille qui ne tardera pas à paraître, un aveugle pourrait comprendre le livre de la haine. Les tirages atteindront bientôt des millions d'exemplaires. Le livre de Sanderling passera aux oubliettes.

Je crois enfin comprendre ce qu'était cette germanitude que Benjamin voyait incarnée par Sanderling. Ce qu'elle aurait pu être. Et je m'incline devant ce fou qui lui donna forme humaine, la sienne, dont il savait mieux que personne combien elle était imparfaite. Et combien imparfait devait donc nécessairement être son livre : *Il était inévitable que, sur le chemin des origines à la fin, ma parole fût ternie ; son unicité naïve, par la multiplicité de la pensée ; la pureté de sa cause, par ce qui n'a pu être dépassé en la personne de son auteur.*

Je m'incline devant un homme qui a tenté sa vie durant de dépasser l'être humain en lui, puis qui a fini par le prendre en affection. Et je comprends que ce centre, ce moyen terme auquel il aspirait n'était peut-être rien d'autre que cela : l'être humain.

Peu après avoir refermé le livre, je pars en Pologne, vers ce centre ancien, aux contours flous, qui est celui de l'Europe. Que crois-je pouvoir y découvrir, plus d'un siècle après le départ de Sanderling ? Je pars pour Poznań cent vingt-trois ans après qu'il s'y est installé.

Cela commence – encore une fois, une dernière fois peut-être dans ce livre, il y a donc un commencement – à la Gare centrale de Berlin, où je vois deux Polonaises qui attendent le même train que moi. L'une après l'autre, elles se photographient, en se postant de telle manière que les grandes lettres de néon accrochées au plafond de la gare se trouvent dans le cadre : *Bombardier. Willkommen in Berlin.* Troublée, je les regarde. Un bombardier n'est-il pas un avion lançant des bombes, une sorte de stuka ? J'apprendrai plus tard que ce bombardier-là désigne non pas un avion mais un homme, Joseph-Armand Bombardier, inventeur entre autres de la très paisible motoneige et fondateur de l'entreprise qui porte son nom.

À Poznań, je ne trouve pas la sortie de la gare. J'erre sur le quai, je porte mon bagage en haut d'un escalier puis en bas – aucune sortie nulle part. La voie où mon train est arrivé est coincée entre d'autres voies et ne semble pas reliée au monde extérieur. Pourtant, les autres passagers qui en sont descendus ont maintenant disparu. Je finis par demander à une jeune femme où se trouve l'*exit*. Elle me regarde, et il faut d'abord qu'elle réfléchisse, comme si elle venait d'atterrir là par enchantement. Puis elle se souvient que quelque part, tout au fond là-bas, un chemin mène vers une sortie. Et, en effet, après avoir de nouveau transbahuté ma valise en haut d'un escalier puis en bas, je finis par me retrouver devant une voie express. Sur le pavé, les roulettes dures de la valise font un bruit de crécelle, heureusement noyé par celui des voitures. Surgit alors sur ma droite un énorme boudin de verre, une sorte de garage à montgolfière qui a l'air de pouvoir abriter le plus grand zeppelin du monde. Peu à peu, je comprends que c'est sans doute la gare dont j'ai réussi à m'échapper, mais je n'arrive pas à faire le lien entre cette vaste courbure étincelante et la voie grise et glauque que j'ai longée.

Il fait nuit déjà. Les rues se resserrent et commencent à monter et à descendre : au cœur du passé ? Dans un pseudo-passé reconstruit pierre par pierre, et repeint dans des couleurs pastel ? Revenir en arrière, faire que rien ne se soit passé. Or rien ne passe. La vieille ville est un décor dans lequel j'imagine, en été, des touristes attablés devant une bière ou du café. Maintenant, nous approchons du mois de novembre.

Le jour même de mon arrivée, je me rends à neuf heures du soir devant l'hôtel de ville et je regarde autour de moi en attendant Anna, comme convenu. Nous ne nous sommes jamais vues. Les rares personnes qui s'arrêtent devant le sombre hôtel de ville ne regardent pas dans ma direction. Viendra-t-elle ? À un moment donné, mon téléphone ronronne. C'est Anna qui, depuis un bon moment déjà, se trouvait à trois pas de moi et regardait ailleurs. Par timidité ? Plutôt par malice, je crois.

Elle m'est tout de suite toute proche et toute étrangère. Ce qui décide en quelques instants d'une amitié ou d'un amour, ce sont des choses qui se passent plus ou moins de mots, qui se produisent plutôt dans les mains qui s'attrapent et qui se serrent, ou dans les coins des yeux. Est-ce possible ? Cinq minutes après que nous nous sommes reconnues, deux heures après mon arrivée dans la ville, je suis amie avec une Polonaise.

Mon polonais se limite à quelques mots d'usage, mais Anna parle très bien allemand ; elle a été fille au pair dans une famille de politiciens Verts à Hanovre. Je lui parle de Sanderling (que je n'appelle pas Sanderling), des questions que je me pose. Sur les Allemands et les Polonais, sur le passé tel qu'il était et tel qu'il est. Anna est aimable – non, elle est adorable. Agnieszka, à Paris, qui me l'a fait connaître, Slawomir, Agata et Karolina, que je rencontrerai à Poznań plus tard : aucun des Polonais que je croise ne semble avoir de ressentiment envers les Allemands. Et pourtant, le passé palpite dans tout ce qu'ils me racontent. Ils sont très gentils avec moi. Mais, à travers leurs mots et leurs visages, les Allemands m'apparaissent comme des personnages butés, terrifiants, sinistres. Les Allemands ? C'est ainsi que je m'apparais moi-même.

À notre deuxième rendez-vous, quelques jours plus tard, Anna m'annonce d'emblée la bonne nouvelle du jour : en Allemagne, les trains ne sont plus à l'heure non plus ! C'est ce qu'on a annoncé le matin même à la radio. Elle rit, et je ris avec elle. Pourquoi pas ? La chose est drôle. Les Allemands sont mécontents que leurs chemins de fer ne soient plus ce qu'ils étaient ; pour tous les autres, c'est une bonne nouvelle. Elle me fait penser à un témoignage que j'ai lu chez Raul

Hilberg, et que je finis par retrouver dans le deuxième tome de *La Destruction des Juifs d'Europe*. C'est un ancien prisonnier du camp néerlandais de Westerbork qui parle : *Le train respecte scrupuleusement les horaires, et c'est une horreur et une torture. Jamais il ne prend de retard, jamais il n'est touché par une bombe.*

Un autre soir, je rencontre le mari d'Anna, Marek, qui ne parle pas allemand. Je lui dis mes quelques mots de polonais, *dzień dobry*, *do widzenia*, *dziękuję*, voudrais m'excuser de ne pas en connaître davantage. Il me répond par tous les mots d'allemand qu'il sait : *Hände hoch ! Nicht schießen ! Verfluchte polnische Schweine !* Une conversation germano-polonaise.

Je suis soulagée de ne pas me faire remarquer en tant qu'Allemande. En vérité, je suis toujours soulagée quand j'arrive à ne pas me faire remarquer en tant qu'Allemande, et j'ai de la peine à imaginer des Allemands qui s'exhiberaient en tant que tels, tout en sachant qu'il y en a, et même de plus en plus. À Poznań, je passe plutôt inaperçue : dans la rue, plusieurs personnes me demandent le chemin, me prenant apparemment pour une Polonaise. J'apprends à dire *Nie mówię po polsku.*

La ville est grande. Mais, par ce que j'ai du mal à considérer comme un hasard, mon hôtel se trouve tout près de l'ancienne synagogue. Elle est au bout de la rue. À Paris, Cécile m'avait raconté que la synagogue de Poznań avait été transformée en piscine municipale. Lors de ma première nuit sur place, je découvre que je dors quasiment dans l'immeuble d'à côté.

Je m'y rends dès le lendemain matin. Si je ne savais pas son emplacement, je ne reconnaîtrais sans doute dans ce bâtiment ni une synagogue ni une piscine. Vu de côté, il ressemble à un immeuble d'habitation décrépi et plutôt banal ; entre les rangées régulières de petites fenêtres, l'humidité a dessiné des formes nuageuses. La façade ne ressemble à rien de spécial non plus. Une salle d'exposition, peut-être ? Sur la grande affiche tendue devant, j'identifie les noms de Bill Viola et de Nick Cave. Une sorte de festival artistique, peut-être ? Le bâtiment est inaccessible et en mauvais état.

À l'office de tourisme, j'achète un livre dans lequel sont reproduites des vues extérieures et intérieures de la synagogue, à l'époque où c'en était encore une et aujourd'hui. La première pierre de l'édifice a été posée en 1906 ; Sanderling avait quitté la ville deux ans auparavant. La vieille photo montre un bâtiment somptueux avec des coupoles, des petites tours et toutes sortes d'éléments décoratifs sur les frontons et les pourtours de fenêtres. L'actuelle bâtisse semble plutôt dater des années soixante. Seuls ses contours rappellent encore vaguement l'ancien édifice, mais toutes les courbes et tous les ornements, toutes les tours et les coupoles ont disparu. C'est à peu près comme si l'on avait reconstruit la cathédrale de Cologne sous la forme d'un très long et très haut hangar, en la couvrant d'un toit plat, et qu'on avait arasé tout élément gothique ou qui dépassait d'une façon ou d'une autre.

Je me souviens que nous avions ri, Cécile et moi, quand elle m'avait parlé de la synagogue transformée en piscine.

Ce qui, vu de l'extérieur, ressemblait à un rire était l'expression de notre incrédulité et de notre désarroi.

Sur les représentations en couleurs de la synagogue avant sa destruction partielle, je regarde les décorations peintes à l'intérieur de la coupole, les galeries des femmes, de chaque côté, et, dans une niche tout au fond de la salle, je crois distinguer l'arche sainte où sont conservés les rouleaux de la Torah.

Une autre photographie, datant de 2012, montre la même salle, dont les murs et les sols sont maintenant recouverts de carrelage bleu-vert. On reconnaît bien les anciennes voûtes. Les galeries des femmes ont été transformées en cabines de bain ; à l'endroit de la salle de prière se trouve maintenant la piscine ; elle est à sec.

Dans le même livre, j'apprends que la transformation de la synagogue en piscine a commencé en avril 1940, et que les Polonais ont continué à l'utiliser comme piscine municipale après la guerre, jusqu'à ce que tout récemment, déjà au XXIe siècle, la communauté juive de Pologne se voie restituer son lieu saint sous forme d'une piscine complètement délabrée. On veut en faire un centre pour le dialogue et la tolérance, est-il écrit. *Mais le projet a été gelé, ces derniers temps, par manque de moyens.* D'abord l'eau. Puis le gel. La profanation est pire encore que la destruction. Je ne sais pas pourquoi justement cette photographie, parmi tant d'autres images, me frappe à ce point, mais, après tout ce que j'ai lu et regardé ces derniers mois, les quelques dizaines de milliers de litres d'eau contenus dans la piscine quand elle était en activité sont bien la goutte qui fait déborder tout ce qui s'est accumulé en moi. Est-ce la froideur ostentatoire des carreaux, sont-ce les briques de verre, sous les anciennes galeries ? Il m'est insupportable de regarder plus longtemps cette photo.

Plus tard, je rencontre – également par l'intermédiaire d'Agnieszka – Slawomir, qui m'a donné rendez-vous à l'hôtel Pomorski, situé hors de la vieille ville et fréquenté essentiellement par des Polonais. Quand je l'interroge sur cette piscine, il me dit n'avoir appris qu'en 1989 qu'elle était installée dans une ancienne synagogue. Beaucoup de ses amis y ont appris à nager. Lui, non ; il allait nager ailleurs.

Je me rends compte au cours de la conversation que j'ignore moi-même où se trouvait l'ancienne synagogue dans ma ville de naissance, Offenbach. Il m'apparaît que ni avant ni après 1989 je ne m'y suis intéressée. Et je voudrais m'indigner de ce que la profanation des lieux saints se soit perpétuée en Pologne après la guerre ?

J'essaie de me justifier en me disant que j'ai quitté ma ville natale à quinze ans, et l'Allemagne à dix-huit. En vain. D'ailleurs, cela a toujours été ainsi : toute indignation qui s'empare de moi finit toujours par se retourner contre moi-même. M'envahit comme une bouffée de chaleur la crainte que la piscine publique, que je fréquentais si assidûment quand j'étais enfant et jeune fille, ait pu elle aussi être installée dans une ancienne synagogue. Je n'y crois pas. Mais si c'était le cas ? Pendant toutes ces années, je ne me suis jamais posé la question. Maintenant, vérifier que ma crainte était injustifiée me prend quelques secondes. Injustifiée ? Je découvre que la synagogue d'Offenbach, incendiée en 1938, a brûlé de l'intérieur. Après la guerre, elle a été utilisée comme salle de cinéma et, aujourd'hui encore, c'est... un « lieu de manifestations culturelles ».

Je me réfugie plus loin dans le passé, quand il était encore le présent de Sanderling et qu'il y avait encore des synagogues en Allemagne et à Poznań. L'un des immeubles où il a vécu est vite repéré, si les numéros de rue n'ont pas changé. Il se trouve au numéro 3 de l'ancienne Wilhelmstraße, aujourd'hui nommée ulica Marcinkowskiego, du nom d'un physicien polonais. C'est une allée aux proportions majestueuses avec des plantations au milieu et une fontaine où des dauphins de pierre ne crachent pas d'eau. Ici, les fonctionnaires prussiens pouvaient sans doute vivre comme ils l'entendaient, c'est-à-dire comme dans n'importe quelle autre ville prussienne. Ils n'étaient pas venus ici pour se sentir étrangers.

Divers bureaux et administrations sont maintenant installés dans l'ancienne Wilhelmstraße 3 ; entre autres, l'inspection du travail, dont le panneau est orné du blason polonais. C'est un aigle aux ailes déployées qui ressemble à l'aigle prussien comme deux gouttes d'eau, ou plutôt comme une goutte de vin rouge à une goutte de vin blanc. Traversant le quartier prussien, j'ai l'impression de marcher dans une ville à part, désertée par les Allemands. D'imposants bâtiments sombres bordent les larges avenues noircies par la pluie. Je trouve l'ancien temple protestant dont le pasteur était Johannes Hesekiel, l'homme par qui passaient comme à travers un filtre purificateur toutes les saletés et les misères humaines. Sanderling l'appelle *un saint*. Dans le vestibule de l'église sont accrochés des dessins d'enfants représentant des saints ; ce sont de gros smileys sur des troncs courts et épais. Au-dessus de chaque tête plane une auréole. Le temple protestant n'a pas été transformé en piscine, mais en église catholique.

Quelle devrait être la largeur des avenues pour éviter des voisinages gênants ? Au temple de Hesekiel fait face le Collegium Maius, un lourd bâtiment d'angle qui hébergeait à la même époque la commission d'implantation prussienne. Cette dernière avait pour mission de créer un *rempart vivant contre les flots slaves*, et donc de supplanter la population polonaise par des colons allemands. Parmi les gens que fréquentait Sanderling à Poznań, il y avait, d'après son journal, un certain Robert von Zedlitz qui se trouva un temps à la tête de cette commission, et qui deviendra plus tard ministre de l'Éducation prussien. À égale distance des deux édifices, du temple de la foi et de celui du prussianisme, j'essaie d'imaginer comment la bonté, ce *flot de miséricorde, épurant et vivant*, qui semblait émaner de Hesekiel, pouvait se concilier avec l'expulsion des Polonais de leurs terres. On formait une communauté, les hommes d'Église, les fonctionnaires prussiens, leurs familles. On constituait la bonne société de la ville – la meilleure, ou y en avait-il encore une autre, au-dessus ? Dans le journal de Sanderling datant de ses années à Poznań figure parmi ses *connaissances dotées d'une noblesse spirituelle* le nom d'Alfred Knobloch. Tous ces gens, si insignifiants paraissent-ils, ont laissé des traces qui mènent jusqu'à la grande encyclopédie digitale : Knobloch, en charge de la création d'une assurance accidents dans l'agriculture, était *un défenseur de la germanisation des territoires polonais qui se traduisait entre autres par d'importants efforts pour repousser la langue polonaise dans la société et les écoles.*

D'emblée, j'avais été encline à tenir Sanderling pour un germanisateur, lui aussi. Sinon, serait-il parti s'installer à l'Est, justement dans ces années de germanisation agressive, lui qui n'avait aucun lien particulier avec la Pologne ? Or, juste avant mon départ, j'ai trouvé une entrée, dans son journal de l'année 1891, qui m'a mise en joie parce qu'elle contredisait mes intuitions et mes conclusions hâtives : *À l'occasion du nouveau décret du ministre de l'Éducation, le comte Zedlitz, autorisant l'enseignement privé de la langue polonaise, j'aimerais consigner ici la profession de foi qui a été vivante en moi dès le début et que je continue à brandir, selon laquelle le gouvernement n'a pas le droit de prendre à un peuple sa langue et j'aimerais dire : la structure des fibres de son cœur.*

Si ces lignes m'ont tant réjouie, c'est qu'une fois de plus, au lieu d'un chemin tout droit, elles révélaient des méandres, des revirements et des contradictions. À partir de 1871 avaient été édictées des lois censées *nettoyer* de toute influence slave non seulement le terroir, mais aussi la langue. Cette politique de germanisation est généralement décrite comme une étape préliminaire à ce qui a suivi, comme les contreforts des monts géants, en quelque sorte. Et pour celui qui ferme les yeux devant la vie individuelle et ne perçoit que des courants de pensée, cette vision est peut-être juste. Mais la vie d'un être singulier est plus riche, plus contradictoire, plus flottante que celle d'une communauté, elle ne se fond pas dans une tendance générale. Certes, Sanderling ne vit pas en dehors des tendances ; tel l'oiseau dont il porte le nom, courant à la lisière de l'eau, il suit souvent les mouvements de son temps, peut-être sans s'en rendre compte. Imaginons une ville au centre de laquelle a lieu une manifestation ; c'est le but vers lequel tout le monde se dirige. Mais, parmi les innombrables personnes qui affluent vers le centre, il y en a quelques-unes qui changent d'avis en chemin, soit que les slogans qui circulent leur répugnent, soit qu'elles aient plus urgent à faire, soit simplement qu'elles aient oublié quelque chose à la maison. De celles-là, les livres d'histoire ne parleront guère.

Je descends l'ulica Kosciuski. Le château allemand (il y en a un polonais aussi, dans la vieille ville) se trouve au coin de rue suivant, et il a l'air de ne pas vouloir bouger de là pour les mille ans à venir : c'est un énorme bloc de pierre lourdaud, gris, effrayant, une sorte de blockhaus géant pourvu de quelques ornements grossiers. Sur la façade latérale, la plupart des fenêtres sont murées à partir du premier étage. Devant deux des fenêtres grillagées du rez-de-chaussée, une affiche indique qu'au sous-sol se trouve un dance club du nom de Bogotá, vers lequel descend un escalier extérieur.

Vu de face, l'édifice semble un tantinet plus clair, et je constate avec surprise qu'il a une entrée, et qu'on pénètre dans ce bloc de pierre comme dans du beurre. Comme tous les bâtiments anciens désaffectés, le château est devenu un centre culturel. Celui-ci a été nommé Zamek (château). Je suppose qu'il y a des moments où l'on y trouve des visiteurs.

Pour l'instant, je suis seule avec la caissière qui me vend un billet d'entrée pour une exposition d'art contemporain, grâce auquel j'espère pouvoir m'introduire dans les profondeurs de l'édifice.

Auparavant, je regarde les images accrochées dans le foyer. Ce sont de vieilles photos du centre-ville, prises au tournant du siècle dernier, et, en vis-à-vis, des photographies prises du même point de vue aujourd'hui. Premier constat : les rues d'autrefois sont beaucoup plus peuplées. Même l'inanimé était plus animé, jadis : un enchevêtrement de vrilles en fer forgé, de balcons, d'enseignes et de saillies de toutes sortes mettait du mouvement dans les façades. S'il fallait conclure quelque chose de cette comparaison, ce serait que le passé est confusion, courbes, lacis, alors que le présent est la victoire de la ligne droite. Il est lisse et vide.

Ce n'est que plus tard, de retour à l'hôtel, que j'agrandirai une des photos que j'ai photographiées au point de rendre visibles les enseignes perdues au fond de l'image. L'une d'entre elles porte les mots *Kaiser's Kaffee-Geschäft*. C'est l'inscription qui permettra, quelques décennies plus tard, de camoufler les camions où seront entassés puis gazés les patients d'asiles psychiatriques. (*Pourquoi n'empoisonnez-vous pas ces gens ?*) Sur la photo agrandie, on aperçoit au bout de la rue – l'ulica Święty Marcin – le château impérial. Kaiser's Kaffee-Geschäft ? De quel Kaiser (empereur) est-il question ? Pas de celui qui a fait construire le château, bien sûr. Plutôt un entrepreneur du nom de Kaiser, j'imagine. La résidence du vrai empereur a été transformée plus tard en « résidence du Führer ». Plus je me penche sur le passé, plus j'y vois étinceler des fragments d'avenir – d'un avenir qui est maintenant à son tour derrière nous depuis longtemps. Qui, dans les premières années du siècle, lorsque cette photo a été prise, aurait cru que cette enseigne anodine évoluerait ainsi ? Dans notre environnement quotidien, l'avenir est caché de la même façon, sous forme d'un langage des signes mystérieux, impossible à déchiffrer.

L'exposition d'art pour laquelle j'ai pris un ticket se trouve à l'autre bout du vieil édifice ; elle me permet, comme je l'avais espéré, de pénétrer à l'intérieur du bloc de pierre. Lorsque la porte qu'on me désigne se referme derrière moi, je me retrouve seule. Des sols de marbre, des lustres muraux, des galeries à arcades ; à ma droite, une grande salle au plafond à caissons. J'ai lu que le réaménagement en résidence du Führer avait duré quatre ans. À l'aide de gros moyens financiers et d'une foule de travailleurs forcés, on a entre autres transformé la chapelle du château en bureau du Führer.

Centre culturel ? Peut-être existe-t-il quelque part, ce centre, dans un coin du bloc de pierre. Ce que je traverse est un immense espace vide, lugubre, dénué de goût et de style. C'est comme si je marchais, toutes lumières éteintes, dans un Louvre moche et désert, vidé de son contenu, et que je tombais tout au fond d'un long couloir, dans un recoin perdu, sur un cagibi vaguement éclairé. Car, en effet, au bout d'un long couloir dont les fenêtres donnent sur une cour intérieure semblable à une cour de prison, je finis par trouver l'exposition en question. C'est une toute petite salle plongée dans l'obscurité, devant laquelle une femme est assise sur une chaise, comme s'il y avait quelqu'un à surveiller dans ce désert. L'exposition montre des photos retouchées d'hommes et de femmes nus, ou de parties de corps : un membre masculin ridé et flasque, incandescent comme un morceau de lave sur fond noir ; une femme enceinte à la tête entourée de bandages dont le ventre est passé aux rayons X. Je suis soulagée en retrouvant la sortie.

Le bloc de pierre rappelle un de ces bunkers impossibles à faire exploser et à faire disparaître des côtes atlantiques. On ne peut ni s'en débarrasser ni en faire quelque chose. Ils sont là comme la mer elle-même, pour l'éternité. Au Musée national, je reste longtemps à contempler la *Mélancolie*. C'est Jacek Malczewski qui a peint ce tableau, justement dans les années où Sanderling vivait à Poznań. Il représente sur la gauche un peintre devant son chevalet, tournant le dos au spectateur. De la toile devant laquelle il est assis sont éjectés, projetés dans ma direction et dans le monde, des enfants, des garçons qui très vite grandissent et arrivent à attraper des armes. Ce sont des paysans : leurs armes sont des faux dont la lame est montée sur un long manche non pas à quatre-vingt-dix degrés mais tout droit, de manière à former une lance, et les voilà combattant pour la liberté avant de s'effondrer, près du bord inférieur droit du tableau, tout près de moi, et de mourir. Quelques-uns en réchappent ; ils se transforment en moines ou en prisonniers revêtus de longues robes de bure, au crâne dégarni et à la barbe blanche. Les hommes vieillissent de gauche à droite. Avec leurs dernières forces, les vieillards s'arc-boutent contre la baie vitrée à la droite du tableau, vers laquelle ce tourbillon humain inévitablement se dirige. Derrière la fenêtre entrouverte est suspendue une femme ; elle tient toute seule dans le vide, n'est suspendue à rien (d'ailleurs, personne, dans ce tableau, ne touche des pieds le sol, sauf le peintre lui-même). C'est une femme maigre, voilée de noir, qui tourne le dos au tourbillon des hommes. Est-ce la Mélancolie ? La Mort ? Un ange de l'Histoire noir qui regarde non pas en arrière mais devant lui, où coule une rivière aux bordures vertes et souriantes.

Je me mets en route pour Owińska, à la recherche de l'asile de fous que Sanderling pourrait avoir visité en 1903 ou 1904, en compagnie d'autres pasteurs. Et, encore une fois, je me sens gagnée par la peur de lui faire du tort. Mais ne sont-ce pas plutôt ses compatriotes qui lui ont fait du tort, en mettant à exécution posément et en toute conscience une pensée qui a traversé l'esprit d'un homme en détresse ? En septembre 1939, les Allemands envahissent la Pologne. Le 11 novembre, tous les patients de l'asile d'Owińska sont morts.

Dans le car prend place à côté de moi une jeune fille qui me frappe d'abord par son absence de timidité. D'ordinaire, tant qu'il reste des rangées inoccupées, les passagers qui montent préfèrent ne pas s'asseoir près de quelqu'un. Dans ce bus-ci, il reste encore beaucoup de places de libre, mais la jeune fille s'assoit à côté de moi, dans la troisième ou quatrième rangée. Elle attire ensuite mon attention en se mêlant plutôt bruyamment à la conversation qui s'est nouée entre le chauffeur et le passager assis tout devant. Je ne comprends pas de quoi il s'agit, mais la jeune fille a l'air de protester avec véhémence. Le conducteur lui répond. Avec pas mal d'opiniâtreté et d'aplomb, elle insiste.

Le trajet n'est pas long ; Owińska se trouve dans les environs immédiats de Poznań. Lorsque nous approchons de l'arrêt présumé, je m'adresse à ma voisine en disant : Owińska ? La jeune fille hoche la tête. Elle attire mon attention pour la troisième fois par le fait qu'elle est la seule passagère à descendre au même arrêt que moi.

Au bord de la grande route, avant même que le car redémarre s'établit entre nous quelque chose que, si nous parlions la même langue, on appellerait sans doute une conversation. Elle comprend que je cherche l'ancien couvent. Je comprends qu'elle fréquente une école dans les parages. D'un pas rapide, elle se met en chemin, et je l'accompagne, chacune essayant sans succès de se faire comprendre ; plutôt, avec le seul succès d'un sourire partagé. Je ne sais pas où se trouve l'ancien couvent cistercien qui hébergeait dans les années trente une institution qu'à l'époque on appelait encore asile de fous, mais j'ai le sentiment très net que nous avons le même but, la jeune fille et moi. Et, en effet, c'est devant un bâtiment jouxtant une église qu'elle prend congé de moi. Ce ne peut être que l'endroit que je cherche. L'église est fermée. La maison où la jeune fille a disparu semble être aujourd'hui une école ou une maison de soins. La jeune fille est-elle ce qu'on appelle « handicapée » ? L'absence de timidité serait-elle un handicap ?

Je contourne l'ensemble de bâtiments en essayant d'entrer dans le parc qui se trouve derrière, mais en vain : le jardin est entouré d'une grille et ne paraît pas avoir d'accès. Je regarde les joggeurs qui font leurs rondes dans cette cage.

Quelques jours plus tard, Anna me racontera que le couvent est aujourd'hui une école pour malvoyants et qu'eux seuls sont autorisés à pénétrer dans le jardin. Les joggeurs étaient-ils aveugles ? Et la jeune fille du car ? Sans doute voient-ils moins bien que moi, ou en tout cas autre chose. Auraient-ils été assassinés en 1939 ?

Je photographie des plaques commémoratives que Google Translations m'aide à déchiffrer. Deux des directeurs de l'institution, crois-je comprendre, ont été déportés à Dachau ; un seul d'entre eux en est revenu. D'après ce que je peux voir, on ne commémore pas la mémoire des patients assassinés. En revanche, une plaque rappelle les officiers polonais et les policiers victimes des crimes de Staline. La dernière phrase de la plaque, *Wieczne odpoczywanie racz dać im Panie*, m'est traduite par : *Éternal subvention de repos pour les Ô Seigneur donne.*

La traduction n'est peut-être pas le point fort des ordinateurs ; mais parfois ils peuvent contribuer à relâcher des tensions intérieures.

Je photographie un panneau troué interdisant de photographier. Et de nouveau me traverse la pensée : Que viens-tu donc faire ici ? Que crois-tu pouvoir découvrir dans ces pierres, ces grilles, ces flaques d'eau ? Sous un ciel sombre, je passe devant des barres d'immeubles dont les façades tachetées sont parsemées d'oreilles-satellites blanches, poussant jusqu'au château abandonné, de l'autre côté de la nationale. Des fenêtres délabrées me regardent des dames de la Cour peintes sur des bouts de carton.

Il fait presque nuit quand je retourne à l'arrêt de bus dont la moitié des parois de fer sont tombées. Sur ce qu'il en reste, quelqu'un a représenté en graffiti l'église du couvent, dont les contours réels sont tout juste encore visibles à travers les ouvertures dans la paroi, derrière des branchages nus. En attendant l'autocar, je regarde un panneau d'informations de la commune agrémenté de la photo d'un plan d'eau qui doit se trouver à proximité et au bord duquel, sous d'improbables palmiers, deux blondes en bikini se prélassent sur une chaise longue, les lunettes de soleil repoussées en haut du front. Les mers du Sud sont partout où il y a des femmes blondes. À Poznań, les Allemands, ou plutôt des travailleurs forcés sous l'ordre des Allemands, avaient commencé à créer un étang artificiel en construisant un barrage sur la rivière Cybina. Ce plan d'eau-ci serait-il également leur ouvrage ? Je m'assois sur le banc à l'arrêt de bus et j'attends ; à travers la paroi de fer trouée souffle le vent.

Après la guerre (la deuxième), le fils de Sanderling, mon grand-père, a raconté les années polonaises de son père dans un manuscrit intitulé *Le Pasteur de Połajewo*. Un chapitre a pour titre « Le village dans le péché ». Si l'on en croit l'auteur, les villageois s'adonnaient à une horrible débauche. Dans ce lieu de luxure sale et misérable, des créatures vaguement humaines vivaient comme des lapins. *Sodome et Gomorrhe ne pouvaient pas être plus dépravées.* Ainsi décrit-il le mode de vie des membres protestants de la communauté villageoise, qui étaient en minorité ; il paraît peu probable qu'il tînt les catholiques et les Juifs pour plus propres et plus vertueux. Dans son manuscrit, il relate aussi l'épisode où son père visite un asile de fous – en omettant le passage qui continue à me rester en travers de la gorge (*Pourquoi n'empoisonnez-vous pas... ?*). Cette omission n'a rien de très étonnant : les fous, parmi lesquels comptent aussi les personnes dépressives, estropiées ou légèrement attardées, viennent d'être empoisonnés par ses camarades de parti.

Comme toujours, il a voulu jouer les intermédiaires en s'introduisant entre son père et le monde, et en se mettant en avant – mais fais-je donc autre chose ? Il y a une différence. toutefois : il ne semble pas s'en rendre compte. Il agit dans de bonnes intentions. Et moi ?

Il y a des êtres humains chez qui les bonnes intentions ne sont pas de mise. Sanderling se dresse dans ces lointaines années ; un rocher abrupt, un épicéa élancé. On peut le déclarer fou, s'en moquer peut-être. Mais avoir de bonnes intentions envers lui ? Peut-on avoir de bonnes intentions vis-à-vis d'un orage, d'un volcan qui couve ? *Le Pasteur de Połajewo* est la tentative d'un fils pour attirer son père à lui, pour le mettre à son niveau et en faire une sorte de brave bourgeois hypocrite – c'est en tout cas ce que je lance à la figure absente de mon grand-père, tant ses bonnes intentions m'indisposent et me mettent en colère. Je n'ai aucun dieu à maudire, aucun ciel contre lequel lancer des invectives. Mais que la *débauche* soit considérée comme la chose la pire et la plus répugnante par un homme ayant pactisé avec des assassins, comment l'oublier ? Comment oublier que lui qui blaguait matin et soir avec les gardiens SS postés devant sa maison ne plaisantait pas avec les enfants nés de la *luxure* ? D'un autre côté, c'est bien parce qu'il ne plaisantait pas avec eux que je n'ai pas fait sa connaissance. Et je m'en passe bien ! C'est ma petite vengeance.

Le passé est un chemin qui se trouve devant nous, a écrit Landauer. Par exemple, le chemin parcouru par les patients d'Owińska. Le lendemain, je me mets à la recherche d'un lieu alors appelé Fort VII. Contrairement aux malades, on ne m'y emmène pas en camion ; j'y vais en tram. Construit au XIX^e siècle par les Prussiens, le fort fait partie des fortifications de la ville. Aujourd'hui situé en plein centre, il y est parfaitement caché. D'après le plan agrandi que j'ai imprimé, je me trouve juste devant, mais je ne vois rien qui ressemble à une fortification. D'ailleurs, je ne vois rien d'autre non plus, sinon un terrain vague avec quelques arbres et un peu de broussaille qui poussent dessus. C'est justement ce terrain vague que désigne le jeune homme à qui je demande mon chemin. Et je vois en effet une voie asphaltée qui devient un sentier. Je n'ai pas loin à aller. Des branchages dégoulinants de pluie se détachent de lourdes gouttes d'eau scintillantes ; bientôt, j'aperçois un long bâtiment de briques rouges enfoncé sous le niveau du sol, toit compris, et devant lequel s'ouvre un large fossé franchi, un peu plus loin, par un pont menant à un portail. Avec un sentiment d'horreur que je n'avais pas prévu, je déchiffre les lettres gothiques qui le surplombent : *Konzentrationslager Posen.*

Qu'est-ce que j'imaginais ? Que m'attendrait ici une gentille petite entreprise mémorielle, avec vente de cartes postales et audioguide ?

Je suis le sentier, qui ne mène pas à la grande porte au bout du pont, visiblement condamnée, mais à une petite entrée annexe. En dehors des gouttes de pluie qui jouent sur mon parapluie et du lointain bruissement des voitures, il n'y a aucun bruit ; nul être humain n'est en vue. Pas spécialement peureuse d'ordinaire, je ressens une peur quasi panique en pénétrant pas à pas sur le terrain, et je dois me forcer à ne pas faire demi-tour et à dominer une angoisse qui n'a pour objet ni les Allemands d'autrefois, ni les Polonais d'aujourd'hui, ni les chemins déserts et proprets du mémorial, bordés de lampes et de poubelles, ni même les casemates, dont l'une servait de chambre à gaz, qui se présentent maintenant comme des chapelles, ornées de fleurs et de bougies. Ce qui est la cause de mon angoisse, c'est bien ce fossé entraperçu devant la forteresse, fait de briques et d'asphalte crevassé, d'où vient de me sauter à la figure un passé brut moisissant là depuis soixante-dix ans, et que personne n'a jamais cherché à arranger depuis.

*Il reste essentiel d'évacuer tout Polonais qui, en raison de ses capacités intellectuelles, de son influence politique ou de son pouvoir économique, pourrait représenter un obstacle à l'imposition de la germanitude dans les différents cercles de la société.* La voilà encore, la germanitude, vidée de son contenu spirituel et remplie de cadavres. Les remparts de la forteresse sont surplombés de deux petits miradors. Sans rencontrer âme qui vive – mais des milliers d'âmes mortes –, je pénètre dans les différentes caves du musée des Martyrs de la Grande Pologne, parmi lesquels il faut compter les fous. Sous la dernière de ces voûtes, un gardien est assis devant une petite table et lève brièvement la tête au moment où j'entre : il y avait donc un autre vivant dans ces cavernes en briques. Une photo froissée montre le personnel de l'asile d'Owińska, des médecins et des infirmières qui commémorent le centième anniversaire de l'institution, juste avant l'invasion allemande. Un pli dans la photo défigure le visage du tromboniste, assis par terre devant le groupe, avec d'autres musiciens d'une petite fanfare. Je m'arrête devant une de ces vieilles photos que j'ai l'impression d'avoir déjà vue. Elle montre un car aux vitres aveugles devant lequel se trouvent un médecin en blouse blanche et une infirmière qui tient la porte arrière du car ouverte d'un geste engageant. C'est une photo prise à Hadamar. La boucle est-elle bouclée maintenant ? Se referme-t-elle en dehors de moi, ou suis-je incluse dedans ? Est-ce que je l'emporte avec moi, dans le tram, de retour dans le centre-ville ? A-t-elle toujours été là, invisible ?

Une ville, c'est du temps pétrifié. Je lis que les stèles du cimetière juif, détruit en 1940-1941, sont dispersées dans toute la ville. À divers endroits, dans le parc des expositions, dans les pavés de l'ulica Czartoria et de l'ulica Libelta, au fond d'un terrain de l'ulica Śniadeckich, des stèles ou des fragments de stèles ont été retrouvés, intégrés dans une maçonnerie, dans le pavé, dans un pont, peut-être. Sur une vue aérienne du parc des expositions datant des années vingt, le cimetière est encore visible. En agrandissant la photo, on aperçoit de nombreuses rangées de tombes. Des centaines de morts gisent, au-dessus desquels se dressent maintenant des immeubles d'habitation. Alors que mon imagination est occupée par ces violations de sépultures, une autre image s'impose à moi, une image de vengeance ou tout au moins de revanche, et voilà que ces pierres répandues dans toute la ville se changent en réservoirs à poison, ou en paquets d'explosifs susceptibles de faire sauter la ville un jour, ou bien en graines prêtes à éclore de tous côtés. Sans s'en rendre compte, les profanateurs de ces stèles les ont si bien dissimulées dans les murs et les pavés de la ville que plus jamais celle-ci ne pourra en être débarrassée. Il faudrait démolir toute la cité, retourner chaque caillou pour en retrouver tous les fragments. Et n'en va-t-il pas de même de toutes les villes où des cimetières juifs ont été rasés ? Ces pierres, nous les avons incrustées dans notre propre chair. Elles s'y baladent ou s'enkystent, comme des balles de fusil.

Quelques-unes de ces stèles dispersées ont été redécouvertes au cours des dernières décennies. Je lis qu'elles ont été placées dans l'ulica Glogowska, à l'endroit où se trouvait jadis le cimetière. L'ulica Glogowska fait plusieurs kilomètres de long ; sans le numéro de la rue – 26a –, l'endroit serait introuvable. Venant de ce qui reste du parc des expositions, je me demande où l'on a bien pu trouver la place de mettre quelques stèles, dans cette rue animée au trafic dense. En m'approchant du numéro 26a, j'aperçois une femme en train de pousser la grille du porche ; me voyant venir, se rendant compte que je me dépêche pour me faufiler après elle dans la cour, elle laisse vite se refermer la porte derrière elle.

Ce qui me sépare des morts prend donc cette fois-ci la forme, un peu trop évidente, d'une grille. Je reste plantée devant et regarde entre deux barres la cour de l'immeuble où se dressent en effet, hors d'atteinte pour moi comme pour les autres passants, six grandes stèles neuves aux inscriptions hébraïques, toutes pareilles, arrondies en haut, noires. À côté d'elles, six morceaux de pierre plus petits et irréguliers gisent par terre : les fragments retrouvés, probablement. Par le porche qui par un effet de perspective a l'air de s'effiler, les stèles sont visibles comme à travers une longue-vue. La cour ressemble à n'importe quelle cour, elle est entourée d'immeubles d'habitation à plusieurs étages, derrière lesquels s'en trouvent d'autres plus ou moins semblables. De l'herbe fraîche pousse autour des stèles : semée spécialement pour elles ? Derrière moi passe un tram ; le bruit de la ville me chauffe le dos.

Le lendemain, voulant entrer dans l'église du Saint-Sang, dans l'ulica Żydowska, je me heurte une nouvelle fois à une grille. L'église du Saint-Sang a été érigée à l'emplacement où aurait été trouvée une hostie profanée par des Juifs, en 1399. Plusieurs siècles plus tard, on a découvert une table emmurée dans une maison de la même rue ; on a décrété que c'était sur cette table que l'hostie profanée avait dû être embrochée. Dans une procession solennelle, la table a été portée jusqu'à l'église voisine. C'est ce que j'ai lu, et je m'attendais donc à trouver ladite table dans un coin de l'église, comme preuve de la profanation, ou plutôt comme preuve de la croyance profondément ancrée en cette profanation, mais la nef est fermée par une grille, à travers laquelle je peux certes sonder l'intérieur de l'église mais sans distinguer grand-chose, dans cette nef obscure. Tout au fond de l'abside brûle une petite lumière. J'ignore s'il y a une table et une hostie quelque part. Empoignant des deux mains les barreaux, je scrute l'obscurité. N'ai-je pas trop perdu de vue Sanderling, depuis mon arrivée en Pologne ? Qu'a-t-il à faire avec cette église et avec la table emmurée ? Ai-je lu une seule remarque hostile aux Juifs dans ses nombreux écrits que j'ai eus en main ? Comme chaque fois que de telles pensées me gagnent, je tire de ma poche ses amis juifs, Buber, Benjamin, Gutkind, Rosenzweig, Scholem, et je les poste comme un bouclier autour de la personne de mon arrière-grand-père. Toutes ces amitiés ne sont nées qu'après son retour à l'Ouest. Qui lit ses journaux pourrait croire qu'il n'y avait guère de Juifs, en Pologne, et seulement quelques catholiques esseulés. Comme si les Allemands avaient vécu tout à fait entre eux. N'est-ce pas l'usage chez tous les colonisateurs de la terre ? Pourtant, les grands magasins de la place de l'hôtel de ville étaient tenus par des Juifs, et il y avait des médecins et des savants juifs, dans la ville. J'imagine qu'on se croisait au quotidien, que c'était inévitable, mais qu'on préférait la société de ses coreligionnaires.

La place de l'hôtel de ville ne se trouve pas loin de l'église du Saint-Sang. Il n'y a plus de magasins, encore moins des magasins juifs. Seulement des bistrots et des restaurants et un office de tourisme. L'hôtel de ville n'est plus un hôtel de ville, mais un musée d'Histoire de la ville. Peut-être ce musée m'aidera-t-il à appréhender le passé.

Les légendes des images sont uniquement en polonais. À l'étage supérieur trône au milieu de la première pièce une grande maquette de la synagogue. Google Translations me traduit la longue légende, et j'apprends que l'édifice pouvait contenir mille deux cents personnes, qu'il était donc gigantesque, que la coupole rappelle une basilique byzantine, et que l'intérieur en est richement décoré. Comme moi ces jours-ci, la traduction hésite entre le présent et le passé, comme si les ornements de la coupole et les fresques murales existaient encore, comme s'ils n'avaient pas été recouverts depuis longtemps par les carreaux bleus d'une piscine. La maquette prend beaucoup de place, elle dépasse même légèrement le piédestal sur lequel elle est posée. L'histoire ultérieure de l'édifice n'est pas mentionnée. Je n'exclus pas tout à fait l'éventualité que mon ignorance du polonais me fasse passer à côté d'informations le concernant, mais je n'y crois pas. Car, d'une manière générale, l'histoire des Juifs de Poznań ne semble pas faire partie de l'histoire de la ville. La seule pièce d'exposition qui en témoigne, d'après ce que je peux voir, est un petit tableau à l'huile représentant les stèles, toutes de guingois, d'un vieux cimetière juif.

Puis je regarde un bulletin scolaire de l'école Pestalozzi de Poznań, datant de 1905, l'année des grandes grèves scolaires dont je sais qu'elles étaient une réponse à l'interdiction, par les Prussiens, de l'enseignement du polonais, et au cours de religion obligatoire en allemand. En 1905, il y avait dans la province de Poznań deux fois plus d'élèves polonais que d'élèves allemands ; pourtant, seule la langue allemande était autorisée. Les parents résistent, les enfants refusent de se faire instruire en allemand. Sur le bulletin, il est reproché à une élève de cinquième, Franziska Slorna, d'avoir refusé de répondre en cours de religion. La seule matière où

Franziska ait obtenu une bonne note, c'est en gymnastique, où elle pouvait se passer de la langue allemande. Deux caricatures montrent un policier prussien à moustache, coiffé d'un casque à pointe, la poitrine bombée au-dessus d'un gros ventre enserré dans une large ceinture. À côté de lui : un petit enfant enchaîné qu'on emmène.

Les mesures censées provoquer une germanisation rapide produisent l'effet inverse. Plus les Allemands cherchent à imposer la germanitude, plus les Polonais défendent leur polonitude On se met à éviter les Allemands, à boycotter leurs magasins. Les enfants polonais ne reçoivent plus que des poupées en costume folklorique polonais. Pas question de leur offrir ces vilains soldats de plomb à casque à pointe ; qu'ils jouent donc avec des hussards.

Sur une vue de la ville de 1859, Poznań ressemble à une de ces petites villes flamandes toutes plates entourées de vastes prés où broutent des vaches. Devant les remparts de la ville déambulent déjà des policiers prussiens, plus maigres toutefois que sur les caricatures ultérieures ; parmi eux, un monsieur à haut-de-forme et à favoris.

Au début du siècle suivant, lorsque la situation s'envenime – la situation intérieure de Sanderling, mais aussi la cohabitation des Polonais et des Allemands –, il est pasteur à Połajewo (à prononcer : Pouaiévo). C'est dans ce village, situé à une cinquantaine de kilomètres au nord de Poznań, que je voudrais me rendre ; comme si j'allais pouvoir y retrouver des traces de sa détresse, de sa lutte pour conserver sa foi en un Dieu de plus en plus lointain et incompréhensible. Il y a un car qui va à Połajewo mais, à peine arrivée à la gare routière, je me laisse presque décourager : la guichetière ne me comprend pas, ou ne veut pas me comprendre. Comme les noms de lieux se déclinent, eux aussi, il faut quasiment parler le polonais pour acheter un billet. La guichetière hausse les épaules et regarde la personne suivante, dans la file d'attente. Je finis par trouver une jeune fille qui parle anglais et consent à m'aider. Le billet à la main, j'attends le départ du car. En sortant des toilettes de la gare routière, je me fais rabrouer par la dame pipi, que j'avais prise pour une voyageuse. En guise de monnaie de mon billet, elle me verse dans la paume les quelques pièces posées dans sa soucoupe. J'ai l'impression qu'elle habite dans la petite pièce attenante aux toilettes, dans un petit coin du petit coin où règnent un brouhaha et un va-et-vient permanents. Elle rigole.

Longtemps, le car traverse des banlieues, puis nous finissons par rouler en rase campagne, aussi rase que sur le tableau du musée. Au bout d'une heure et demie, je suis arrivée. Me voilà à Połajewo. Deux autres passagers descendent à cet arrêt. Ils s'en vont très vite chacun de son côté. Je reste au bord de la route et, en même temps, je me *vois* rester au bord de la route comme dans une célèbre scène de film dont le plan suivant devrait être : tandis que je reste debout, indécise, le car redémarre et libère la vue sur un homme se tenant juste en face de moi, de l'autre côté de la route, qui me regarde. Sanderling.

De l'autre côté de la route, il n'y a personne. Près de moi, au soleil, deux femmes amassent des feuilles mortes sur une longue bande de pelouse, chacune munie d'un râteau, sans les souffleries bruyantes utilisées chez nous. Le car a disparu, me laissant toute seule à Połajewo, et je ne peux qu'espérer qu'il repassera tôt ou tard et me ramènera à la ville. Mon envie de rire l'emporte sur un léger sentiment d'oppression. Je l'ai fait ! J'y suis ! Comme si cela avait été bien difficile. À moins que la difficulté ne soit encore à venir ?

Les ratisseuses lèvent brièvement la tête quand je passe à côté d'elles. Je m'efforce d'avoir l'air aussi autochtone que possible, mais ce n'est même pas la peine ; ma personne attire très peu l'attention. Le car s'était arrêté entre les deux églises du bourg, qui se trouvent à environ deux cents mètres de distance. L'une est claire et propre, l'autre triste et délabrée. C'est vers cette dernière que je me tourne, probablement l'ancien temple protestant. C'est une de ces églises en briques comme on en trouve partout dans le nord de l'Allemagne. Les vitres semblent avoir disparu depuis longtemps, les marches devant le portail sont envahies par les mauvaises herbes. Dressée là, au bord de la route, estropiée, ayant perdu une partie de sa tour, elle ressemble aux deux arbres qu'on vient d'élaguer devant sa façade et qui brandissent leurs moignons vers le ciel, muettement. D'emblée, la vision de ces moignons impuissants me ramène à ce fou furieux de Sanderling, à son grand désir d'ailleurs, d'autre chose, de sphères supérieures, à mon arrière-grand-père abandonné de Dieu dont les cris – *Chien ! Crapule !* – montaient au ciel ; enfin, à cet avant-ciel qui commence à quelques pieds du sol. C'est derrière l'autel de cette église qu'il a prêché, beaucoup trop longtemps, sans doute, et beaucoup trop ardemment pour la petite communauté allemande resserrée aux premiers rangs qui le fixait, d'abord surprise, puis sévère, puis de plus en plus froide face à tant d'émoi et de ferveur. Il regardait les visages curieux, indifférents, qui lui faisaient face, comme un homme qui désespère de réveiller des morts.

Cette église, je l'avais déjà vue avant mon départ pour la Pologne sur mon écran, via Google Maps. Il y avait un panneau placé devant qui indiquait en polonais que l'église était à vendre. Plus tard, Slawomir me racontera qu'elle a fini par trouver preneur. C'est un ancien policier qui l'a achetée, apparemment, et qui veut en faire, devinez quoi ? Un centre culturel.

J'ai fait seulement quelques pas, depuis que je suis descendue du car, lorsque mon regard tombe sur un bâtiment pouvant aussi bien être un commissariat de police que le siège de la municipalité, et qui n'attire mon attention que parce qu'un homme vient d'en ouvrir la porte et s'apprête à sortir, avant de s'arrêter sur le seuil et d'échanger quelques mots avec une femme assise dans l'entrée. Une plaque indique : *Biblioteka Publiczna*. Aussitôt je me dis que s'il y a quelqu'un dans ce village qui pourra me renseigner – mais me renseigner sur quoi, enfin ? qu'est-ce que je cherche donc à savoir ? –, c'est bien ici. Voici le foyer du passé et des livres ; c'est ici qu'on en prend soin et qu'ils sont déchiffrés.

Je pousse la porte. La femme à l'accueil me salue gentiment, *dzień dobry*, ça me donne du courage, mais comment poursuivre ? Tirant de ma poche une feuille de papier que j'ai préparée au cas où, j'essaie de prononcer les phrases polonaises qui y sont marquées mais qui, malgré tous mes efforts, ont du mal à sonner comme du polonais dans ma bouche. Je finis par lui tendre la feuille, comme le font les vrais et les faux sourds-muets et parfois aussi les étrangers dans le métro. Puis je lui désigne du doigt les phrases qui ont un rapport avec Sanderling et avec Połajewo, car j'ai noté aussi d'autres bouts de phrases, sur cette feuille déjà bien chiffonnée : *Kawa, proszę*, Un café, s'il vous plaît, et *Gdzie jest dworzec kolejowy należy ?* Où se trouve la gare ? Je montre aussi à la jeune femme une photo, dont je crois qu'elle représente l'ancien presbytère.

Elle sourit. Ne suis-je pas déjà presque arrivée au but ? Mon but était-il donc de tester l'hostilité des Polonais envers les Allemands ? Manifestement, je m'attendais à plus d'animosité : chaque sourire me fait l'effet d'une victoire. Puis je me rends compte que la femme me prend pour une Française parce que toutes les phrases sur ma feuille sont notées en polonais et en français. Elle téléphone à une de ses collègues, qui est d'une humeur particulièrement joyeuse et aimable et qui le reste malgré ma germanitude. Elle parle un peu français et anglais et sait tout de suite qui pourra m'aider (il serait vraiment temps que je sache quel est mon problème). Elle appelle un, non, *le* spécialiste de l'histoire locale, qui se dit prêt à tout laisser tomber et à courir nous rejoindre à la bibliothèque. En attendant, la bibliothécaire me fait entrer dans le bureau de la directrice, qui ne parle que polonais mais qui sourit tout aussi aimablement que ses collaboratrices. Pendant toute la durée de la conversation, elle restera derrière son large bureau et suivra les événements d'un œil bienveillant. La jeune femme et moi, nous baragouinons allègrement en buvant du Nescafé. Est-ce du bonheur que j'éprouve dans ces instants, parmi des inconnus, dans ce pays étranger ? Est-ce possible ? Une Allemande heureuse en Pologne ? Je préfère ne pas m'imaginer les ricanements que cette idée provoquerait chez Stasiuk. À travers la fenêtre, nous voyons bientôt accourir l'historien local. Regardez-le qui rapplique ! dit la bibliothécaire en riant. Ah, ça, bien sûr, ça l'intéresse !

L'historien est un homme vif d'un certain âge, retraité probablement, qui semble bien connaître les bibliothécaires, dont la plus jeune me traduit tant bien que mal ses propos. Il a écrit un livre intitulé *Moje Połajewo*, Mon Połajewo, que j'aimerais bien acquérir afin d'avoir aussi *mon* Połajewo. On insiste pour me l'offrir. Le livre contient un court chapitre traitant de la communauté protestante du village, et une liste de tous les habitants protestants, dont, en effet, Sanderling, sous son vrai nom. Il y a aussi une photo du presbytère, mais qui ne ressemble en rien à la belle villa sur ma photo (une photo d'une photo que j'ai prise chez mon père). Qui sait où cette villa peut bien se trouver ? Pas dans ce village, en tout cas ; l'historien est formel. Le vrai presbytère est tout près de la bibliothèque, on me le montre par la fenêtre. C'est une petite maison toute simple à un étage, sans crépi, dont l'unique particularité consiste en une série de minuscules ouvertures carrées entre le rez-de-chaussée et la gouttière. Elle semble dater plutôt des années quarante et non pas de l'époque de Sanderling, et d'ailleurs ce sont les années quarante qu'évoque l'historien local quand je lui demande comment les protestants, les catholiques et les Juifs vivaient ensemble ici par le passé. C'était paisible, me dit-il, tout le monde s'entendait bien. Le curé et le pasteur Hoppe – c'est ainsi que s'appelait le pasteur du temps de ses parents – faisaient volontiers des promenades ensemble et avaient des conversations très animées. (À cet endroit du récit advient un malentendu qui provoque un sursaut de gaieté puisque je comprends d'abord que le pasteur Hoppe aimait se promener avec la mère de l'historien.) Plus tard, le pasteur Hoppe est entré au NSDAP. C'était comme ça, à l'époque, dit l'historien. Il n'en était pas moins un homme bon, *a good man*. Je l'interroge sur la communauté juive du village. Il y avait dix familles juives dans le bourg, me dit-il. Dix familles, me dis-je, ça devait faire une centaine de personnes. Je ne demande pas ce qu'elles sont devenues. Dans son livre, *Moje Połajewo*, leurs noms sont listés, au même titre que ceux des protestants. (Plus tard, de retour chez moi, Agnieszka me traduit oralement quelques passages de l'ouvrage. Il y a eu une synagogue dans le village, qui tombait en ruine à la fin des années trente, et dont les restes ont été déblayés. Tombée en ruine et déblayée à la fin des années trente ? Je dis : La synagogue a été détruite et les Juifs tués, mais Agnieszka trouve ma conclusion hâtive. Peut-être est-ce là une différence entre les Allemands et les autres : ces derniers, tout en sachant que c'est vrai, n'arrivent pas à y croire, ils ont encore un moment d'hésitation, d'incrédulité. Ils estiment qu'il ne faut pas tout de suite envisager le pire. Ce jour-là, Agnieszka me raconte aussi que, dans les années quatre-vingt, quand elle allait à l'école en Pologne, sa classe avait été emmenée en excursion à Auschwitz, et qu'il n'avait pas été spécialement question des Juifs. Elle me parle par ailleurs de son grand-père qui soutenait mordicus qu'en 1939 la Pologne n'avait pas été envahie par les seuls Allemands, mais aussi par les Soviétiques. Enfants, son frère et elle pensaient que le vieil homme était un peu cinglé. Ils croyaient ce qui était écrit dans les manuels scolaires, qui n'évoquaient que l'invasion allemande.) Un homme bon, donc, ce pasteur Hoppe. Ce qui est sûr, c'est qu'il ne s'est pas beaucoup baladé avec le rabbin, qui, à ce moment-là, avait probablement déjà été assassiné. C'est ce que je pense, sans le dire. Suis-je venue ici, moi, descendante d'Allemands, pour reprocher aux Polonais de ne pas s'être assez promenés avec leurs rabbins ?

L'historien du village me propose de chercher dans les archives locales des documents concernant Sanderling et de m'en envoyer des copies. Quand nous évoquons les masses de dossiers stockées dans des archives allemandes, lui qui jusqu'ici ne parlait que polonais et qui visiblement ne connaît pas un mot d'allemand prononce tout à coup, en plein milieu de sa phrase polonaise, une expression allemande : *Ordnung muss sein* (Il faut de l'ordre, l'ordre est nécessaire). Tout le monde éclate de rire, même la directrice, derrière son bureau, et moi. Le lendemain, je raconterai cette scène à Anna qui m'expliquera que l'expression *Ordnung muss sein* est couramment utilisée en polonais, qu'elle est entrée dans la langue polonaise, sans doute à la manière de *burn-out* ou d'*iceberg* en français. Quand on rit des Allemands – souvent d'une façon étonnamment gentille –, je ris aussi, et ce rire me fait du bien. Je constate qu'on peut donc sourire de nos caractères nationaux ou de ce qui est considéré comme tels – l'ordre, l'organisation, la discipline, la ponctualité. On peut donc envisager notre méticulosité autrement qu'avec un sentiment d'horreur, et prendre notre côté scrupuleux non pas pour un manque de scrupules, mais pour une aimable manie. *Notre ?* Dois-je donc vraiment m'inclure ? Encore maintenant, alors que je me suis tenue loin de ce pays pendant si longtemps ? Est-ce que je le porte en moi, avec sa langue, son histoire et ses autres composants, dont certains se reflètent dans le cliché ? Mon pays fait-il partie de mon patrimoine génétique ? Oui, je crois. Peut-être aurais-je eu une chance d'en réchapper si j'avais été adoptée par une famille de Papouasie-Nouvelle-Guinée à ma naissance. Mais là… *Ordnung muss sein.* Pourtant : ne me suis-je pas toujours efforcée d'être souple, désordonnée, négligente et d'arriver en retard ? Avec le résultat qu'on m'a donné comme petit nom *panzerdivision.*

En sortant de la bibliothèque, je me retrouve devant le paysage lunaire d'une basse-cour, parsemé de petits cratères, de cailloux et de vieux pneus de voitures. Deux douzaines de poules tournent vers moi leurs derrières retroussés. J'essaie de m'imaginer Połajewo il y a cent ans, en novembre, en février, en mai. Quelques chemins de terre boueux, une voie plus large qui traverse le bourg en passant devant les deux églises, puis c'est déjà reparti vers plus de confort, vers l'eau courante et l'électricité, vers une société brillante et de la musique de piano. Or il y a un monde dont le centre est Połajewo. Autour de Połajewo se trouvent une vingtaine de hameaux ou de domaines qu'on peut atteindre en deux trois heures de marche, qu'on *doit* même atteindre puisque Sanderling est en charge des âmes dispersées des protestants et qu'il a des comptes à rendre à Dieu. Pendant ce temps, il pourrait vivre ailleurs, sur les hauteurs du Taunus, par exemple, ou sur celles du Rhin, où s'installeront confortablement ses descendants, plus tard. Il avait en vue ce qu'il est convenu d'appeler une « brillante carrière de haut fonctionnaire » mais, même en y renonçant, il aurait sans doute de quoi bien vivre à l'endroit de son choix. Il préfère mal vivre à Połajewo. Il va de plus en plus mal, en effet. Il aura bientôt quarante ans, mais ses idéaux n'ont rien perdu de leur caractère inaccessible. L'un d'eux consiste à *élever le plat pays*. On pourrait croire qu'une telle ambition est à la portée des humains. Or ce qu'il entend par là n'est pas moins voué à l'échec que s'il avait projeté au sens propre d'élever le pays de cent mètres. Les villageois futurs, il les imagine *capables de manier le fumier tout en étant des personnalités d'une pénétration spirituelle singulière*, et dont la *capacité d'âme* embrasserait la vie métaphysique aussi bien que physique et la *représenterait activement*. Il ne songe pas à quelques individus, il veut faire de tout le village *la ville natale d'une nouvelle forme d'humanité*. Ce nouvel être humain aurait la foi profonde de saint François, tout en sachant intelligemment gérer sa ferme en usant des dernières avancées techniques. Or ce qui caractérise l'ancien être humain tel que Sanderling le trouve à Połajewo, c'est un certain abrutissement lié à une remarquable opiniâtreté, et qui aboutit à ce qu'il qualifie de *stagnation marécageuse*. Mais bon, si tout était déjà parfait, on n'aurait pas besoin de se donner du mal. Il s'est fixé un but et se met à l'œuvre, en commençant par l'enseignement scolaire, dont il est coresponsable en tant que pasteur. Il se plonge dans les méthodes d'enseignement en usage et, surprise, il n'est d'accord avec aucune d'entre elles. À ses yeux, apprendre à lire-écrire-calculer ne doit pas être une affaire formelle. Il part du principe qu'un enfant qui apprend le mot « souris », par exemple, doit non seulement apprendre en même temps la vie et les mœurs des souris, mais du même coup franchir le pas qui mène *de l'individuel inférieur au général supérieur*, puis au général suprême, Dieu, et donc au christianisme dans son ensemble. Selon la méthode de Sanderling, qui probablement n'a été mise en pratique que dans le village de Połajewo et par lui-même, un enfant qui apprend à écrire « souris » apprend tout le reste par la même occasion. Et n'a-t-il pas raison ? Dans chaque souris l'univers entier n'est-il pas caché ? Et n'est-ce pas la tâche du professeur que de le mettre au jour ?

Il ne va pas très loin, avec sa méthode. Il est seul, sans personne à l'horizon de ce plat pays qui partagerait son *amer chagrin* devant la détresse, la misère extérieure et intérieure des êtres qui vivent dans ces campagnes.

Devant l'église catholique de Połajewo pousse un vieux saule pleureur. En haut de l'arbre, hors d'atteinte, enfoncée dans un creux de l'énorme tronc et auréolée d'une multitude de pousses nouvelles, une petite vierge Marie s'abrite derrière des lis blancs en plastique, la tête légèrement penchée de côté, et prie.

Sanderling a écrit de lui-même qu'il ressemblait non pas à un arbre à large envergure et aux racines très ramifiées, mais plutôt à un épicéa élancé, aspirant à la verticale plutôt qu'à l'horizontale, et qui ne tend vers le ciel que pour mieux enfoncer dans le sol sa longue racine droite. De mon point de vue lointain, il ne ressemble à rien moins qu'à un arbre. Il est toujours en mouvement ; une petite silhouette énergique qui, déployant toutes ses forces, file droit vers un but, se heurte à des murs, recule au dernier moment devant des gouffres, fait demi-tour. Commet des erreurs. Le reconnaît. L'immobilité, il ne sait pas ce que c'est. Comme peu d'autres vies, son existence est faite de son premier à son dernier souffle de tournants, de crises et de revirements. Mais cette fois-ci, à Połajewo, il veut tout. En vérité, il veut toujours tout, s'agissant du mot « souris » comme de n'importe quoi d'autre. Il veut toujours beaucoup plus que ce qu'un mot, qu'un être humain, fût-ce le plus volontaire, peut porter. Ce qu'il veut est au-delà de la vie et de la mort.

Ici, devant ce saule pleureur où, il y a cent ans, il a pu se tenir, je songe à lui avec ferveur ; à son désir d'absolu, à sa nature grave, à son terrible sérieux. À sa détresse, son intranquillité aussi, et à l'inconfort moral qu'il avait choisi.

Selon des statistiques établies par ordinateur, le verbe allemand *gedenken* (commémorer) est utilisé le plus souvent en relation avec les termes suivants : Victime. Minute de silence. Anniversaire. National-socialisme. Victimes de la guerre. Guerre mondiale. Juif.

Le mot *deutsch* (allemand) apparaît principalement en rapport avec : Banque. Télécom. Chemin de fer. Économie. Poste. Bundestag. Championnat. Bourse.

À Poznań, où le car finit par me ramener, Himmler a assisté en décembre 1939 *avec un petit cercle d'invités* au gazage de malades mentaux. Et encore une fois, la dernière peut-être durant ce voyage dans le temps, quelque chose en moi se cabre à l'idée de ce court-circuit qui établit un lien de causalité entre Sanderling et la génération suivante. Non, je n'accepte pas cet enchaînement des générations les unes aux autres. Dans ma chambre d'hôtel, à quelques pas de l'endroit où Himmler a complimenté ses sbires d'avoir assassiné d'innombrables hommes, femmes et enfants, d'avoir amoncelé leurs cadavres et d'*être restés probes*, j'arrive à la conclusion, qui n'en est pas une, bien sûr, mais plutôt un nouveau point de départ, que toutes les explications dont j'ai pris connaissance jusqu'ici – sur la manière dont une génération est censée avoir produit la suivante, à coups de darwinisme, d'antisémitisme, d'incroyance *et cætera* –, que toutes ces explications, donc, s'appliquent à quelque chose qui n'existe pas, ou seulement en tant que construction mentale : l'état d'esprit des masses, les rails de la pensée où elles seraient engagées. Il n'y a en réalité que des individus ayant leur état d'esprit singulier, ou aucun état d'esprit du tout, et au fond de ces individus, de la plupart d'entre eux, il y a les voix – faibles ou assourdissantes – de la conscience. Les livres se trompent : les masses n'existent pas, il n'y a qu'un père et un fils, ou une mère et un fils, ou une fille, et entre eux des chemins qui parfois s'élargissent, parfois se perdent ou s'arrêtent. Les livres n'expliquent pas les façons de penser et d'agir de ces individus.

Pourquoi ne tuez-vous pas ces gens ?

Parce que je ne suis pas un tueur.

Je ne peux pas le prouver, mais je sens que la pensée qui s'impose maintenant à moi touche à quelque chose de juste : le père, Sanderling, lui-même proche de la folie par instants, pouvait concevoir une telle question et même la poser sérieusement à autrui – puisqu'il ne lui était pas donné d'être autre chose que sérieux –, mais ce que cette question réclame ou invite à faire, il ne l'aurait jamais fait, et il n'aurait pas non plus voulu que d'autres le fassent. En revanche, le fils, lui, n'aurait jamais prononcé cette question ; il l'a même censurée. *Au royaume de la pauvreté de l'imagination*, écrit Karl Kraus, *ce qui n'est pas pensé doit être fait.* Il ne l'a pas pensé, mais il l'a fait. Non pas de ses propres mains, bien sûr ; ses propres mains sont restées propres. Il l'a fait en pactisant avec ceux qui le faisaient.

Le lendemain, c'est la Toussaint. En Pologne, elle fusionne avec le jour des Morts qui suit en une gigantesque célébration de tous les défunts, saints ou non. En leur honneur, les vivants sont debout de très bonne heure ; par ma fenêtre, je les vois qui portent de grands sacs en plastique remplis d'outils de jardinage et de décorations florales. Les mains vides, je me joins à eux. En 1934, la fête des Morts a été supprimée comme jour férié en Allemagne, ai-je lu quelque part. Elle a donc également été supprimée peu après aussi à Poznań. Ce sont les morts eux-mêmes qu'on aurait voulu supprimer, sans doute. Les mêmes gens qui allaient tuer plus d'êtres humains que jamais personne avant eux ne voulaient pas entendre parler des morts. Les morts, non seulement ceux qu'ils ne tarderaient pas à avoir sur la conscience, mais aussi tous les autres, devaient être bannis des mémoires. Les cimetières de Poznań – juifs, bien sûr, mais aussi catholiques et protestants – seront expropriés, sous le règne allemand, et aplanis ; les quelques cimetières catholiques restants fermés au public.

J'ai résolu de me rendre au grand cimetière Miłostowo, qui se trouve loin du centre, mais je ne veux pas demander mon chemin pour ne pas me faire reconnaître comme visiteuse sans sacs, sans morts. À cause d'un grand chantier, les trams n'empruntent pas les trajets indiqués sur le plan, si bien que je me résigne à prendre un taxi, et me voilà assise derrière un chauffeur silencieux, coincée entre des milliers de voitures rampant sur une route à quatre voies qui se dirige vers l'est. Avec une lenteur indicible nous doublent des visages immobiles dont nous arrivons ensuite à doubler à votre tour certains au terme d'une lutte coriace tandis que d'autres nous rejoignent, muets et obstinés comme des escargots, les visages à la hauteur des nôtres ; une gigantesque chaîne de petites demeures humaines. Sur les banquettes arrière s'entassent les sacs à cimetière.

La route qui mène les vivants chez les morts est bien embouteillée.

Prise dans ce fleuve gluant sans échappatoire, je suis entraînée lentement, infiniment lentement, si bien que j'ai largement le temps de reconnaître le vaste symbole qui m'a happée : l'image de la vie comme long chemin vers la mort, que nous parcourons chacun dans sa capsule isolée.

Vers la fin du trajet, nous passons sur des kilomètres devant des voitures garées au bord de la route. Je descends. Et suis prise aussitôt dans un autre mouvement de masse, dans un large flot de piétons rejoint par les nombreux petits affluents de ceux qui descendent des trams et des voitures et de ceux qui arrivent à pied de toutes parts, dans ce flot de visiteurs, donc, qui avance entre les stands où l'on propose des fleurs artificielles et naturelles, des bougies et des photophores de toutes tailles et de toutes formes, des cœurs en pain d'épice et des gâteaux. La plupart des gens se sont approvisionnés avant de venir ; dans les supermarchés de la ville, les affaires avec les morts donnent un avant-goût de ce que seront les affaires de Noël. Avec circonspection, des poussettes sont manœuvrées à travers la foule, les enfants plus grands sont tenus par la main pour éviter qu'ils ne se perdent. Il y a du calme dans l'air, presque de l'allégresse ; personne n'affiche une mine funèbre. Comme devant des stades de football ou des salles de concerts, des barrières en métal sont censées canaliser les flots humains qui maintenant se déversent dans un passage souterrain puis en ressortent et m'entraînent dans une forêt où ils se ramifient mais ne se perdent pas, car plus loin les ruisseaux humains se rejoignent de nouveau et continuent d'avancer à la vitesse d'un flot de lave jusqu'à ce qu'un vaste réseau de vivants indolents ait recouvert la terre des morts.

Partout, de petites grappes de vivants se détachent de la foule et se dirigent tout droit mais sans hâte vers les pierres tombales qui leur appartiennent. Aussitôt, ils se mettent à couper le lierre qui les a envahies, à arracher les mauvaises herbes, à nettoyer les pourtours en pierre de la tombe à l'aide de la balayette qu'ils ont apportée et, pour finir, ils répartissent les nouvelles plantes et les bougies. C'est seulement après avoir tout terminé qu'ils se redressent et se mettent en demi-cercle devant leurs morts. Les yeux fixés sur la tombe, ils échangent des paroles à voix basse. Les morts sont-ils présents, dans ces murmures placides, ou peut-être ailleurs ? Quelqu'un les invoque-t-il, le jour de la fête des âmes ?

Au cimetière Miłostowo, il y a maintenant plus de vivants que de morts. Je me trouve au milieu d'eux, devant la tombe d'une petite fille, et je pense à une histoire que j'ai lue chez Mickiewicz, dans son poème dramatique *Les Aïeux* dont Agnieszka m'a dit que tout le monde le connaissait en Pologne : deux enfants morts apparaissent au repas qui leur est offert lors de la fête des Morts. De quoi as-tu besoin, petite âme, pour aller au ciel ? demandent les vivants à l'un des enfants. Que désires-tu ? La splendeur divine ? Ou peut-être une sucrerie ? – Rien, nous n'avons besoin de rien, leur répond l'enfant. Notre vie terrestre était merveilleuse, nous n'avons fait que sauter dans les prés, cueillir des fleurs et des fruits et chanter. Notre brève vie fut douce, rien n'y a jamais jeté d'ombre ; voilà pourquoi nous sommes malheureux aujourd'hui. Nous ne sommes apparus ni pour les prières ni pour le banquet, ni pour la messe ni pour les gâteaux de Noël. Mais vous pouvez nous rendre un service : donnez-nous donc deux grains de poivre.

Et, de ces deux grains de poivre incarnant un touchant minimum d'amertume ou d'agressivité, mes pensées jettent un pont, sans que je le veuille ni le comprenne vraiment, jusqu'au pire mal que des êtres humains aient eu à connaître et jusqu'à cette phrase lue dans un livre d'entretiens avec H. G. Adler, enfin, jusqu'à la mémoire que j'en ai gardée, et qui est telle que j'ose à peine la répéter ; elle est inconcevable, en vérité. Dans cette phrase, Adler dit qu'il ne regrette rien de ce qu'il a vécu, même s'il regrette que de telles choses – *un Auschwitz*, dit-il, je crois – aient existé. Mais puisqu'il y a eu un tel lieu, lui, Adler, ne regrette pas d'y être allé.

Il me semble que cette phrase ne peut pas avoir été prononcée, et que je ne peux donc pas l'avoir lue. Et pourtant je suis sûre de l'avoir lue.

Je me tiens maintenant devant la tombe d'un inconnu. Quelqu'un a sommairement enlevé les feuilles mortes du monticule qu'aucune pierre ni aucune croix ne désigne comme tombe, puis l'a orné de deux branches de sapin, d'un aster et d'une petite bougie chauffe-plat allumée. On ne fête donc pas seulement ses ancêtres, aujourd'hui, on honore aussi la mémoire des inconnus, des sans-nom, de ceux dont personne ne se souvient plus et qui ne peuvent pas être transportés dans notre présent, qui ne peuvent être re*présentés* que sous la forme d'une armée d'ombres, d'une multitude sans visage. Une armée d'ombres catholiques. Ou bien les Polonais honorent-ils aussi la mémoire des non-catholiques, ce jour-ci ?

Longtemps, j'erre à travers cette forêt-cimetière traversée par tout un lacis de chemins où bat le pouls des vivants, et je me sens faire partie d'un immense organisme bourdonnant qui ne sait rien des cellules qui le composent. Je vois des milliers de vivants se promener au-dessus de milliers de morts. Et le sol n'est plus une surface terne, mais un miroir où nous voyons notre avenir.

Nous sommes déjà en début d'après-midi lorsque je quitte le cimetière, mais la fête des Morts vient seulement de commencer. Je prends le tram pour revenir en ville et me rendre au cimetière Jeżycki, qui est plus petit et situé non loin de l'ancien camp de concentration. Il m'a été conseillé par le mari d'Anna, grand amateur de cimetières. De nouveau, du pain d'épice, des bougies, des fleurs, de nouvelles foules serrées dans un espace plus restreint. Ici non plus personne ne fait attention à moi, tant tout le monde est occupé à arranger et à contempler les tombes. Je me sens comme une visiteuse invisible ; plus morte que les morts.

Il fait encore bien jour, mais les bougies brûlent déjà ; des centaines, des milliers de lumières que la nuit tombante s'occupera d'allumer peu à peu. Les gens se sont presque tous immobilisés maintenant. Silencieux ou échangeant quelques paroles à voix basse, ils restent debout devant les pierres, et ils n'ont pas l'air d'attendre quelque chose. Ils sont là, chacun à sa place héréditaire, à passer l'après-midi en compagnie de leurs morts.

Assise sur un socle, une jeune fille en pierre, une enfant encore, appuie sa tête érodée sur sa main ouverte. Dans le pli de l'autre coude, qui sort d'une petite robe à manches courtes, quelqu'un a posé une rose dont la pierre grise intensifie le rouge incandescent. Les pétales charnus sont ouverts comme pour pousser un cri.

Des cloches se mettent à sonner. Presque personne ne bouge. Avec les rares visiteurs qui se détachent des tombes, je me dirige vers la chapelle du cimetière, une grande église moderne devant laquelle se tiennent les croyants qui n'ont pas trouvé de place à l'intérieur, éparpillés et immobiles comme des statues. La messe a commencé. Poussée par le besoin impérieux de quitter, ne serait-ce qu'un court instant, cet extérieur dont je suis prisonnière depuis le premier jour de ce voyage et peut-être de ma vie, je me faufile dans l'église pleine à craquer où la voix profonde du curé crépite dans les haut-parleurs. Elle s'étend aussi sur tout le cimetière. Enserrée par la foule silencieuse, je ferme les yeux et j'écoute les paroles impénétrables dont je finis par comprendre quelque chose, mais cette chose sort moins de la bouche du prêtre que du fond de sa gorge, ce qui signifie peut-être : de l'âme, en polonais, en tout cas des profondeurs de sa poitrine. Quelque chose qui ne saurait se traduire dans aucune langue et qui est pourtant de la langue, des consonnes essentiellement, que les cordes vocales vibrantes du prêtre invisible envoient dans la nef de l'église, et dans ces consonnes ou en même temps qu'elles résonne autre chose dont je peux tout juste deviner ce que c'est et que j'appelle le vibrato des morts.

Moi, la païenne, je fais les gestes de la piété avec les autres, je mêle ma voix aux murmures des fidèles. À ma surprise, ce sont des sons étranges, dénués de sens, qui passent mes lèvres. N'est-ce pas du blasphème ? Cette pensée me traverse. Mais non. Me vient à l'esprit l'expression *parler en langue.*

Puis toute la communauté se met à genoux. Ceux qui ont pris place sur les bancs s'agenouillent sur la petite planche devant eux, les autres à même le sol. Tête baissée, les yeux fermés, je me mets à genoux avec eux, et je sens mon scepticisme et ma tête froide lutter avec la foi vibrante qui m'entoure. Je ne sais pas combien de temps passe, puis nous

nous redressons, épaule contre épaule, et peu m'importe maintenant l'issue du combat, peu m'importe si je suis ridicule. Je sais seulement que la voix continue à résonner au-dessus de nos têtes, âme sonore sans signification intelligible. Et nous tombons à genoux une seconde fois, et nous joignons les paumes, comme des êtres humains le font. Et je prie avec eux, oui, je prie, si tant est que la prière soit une tension extrême vers quelque chose d'entrevu ou de deviné, qu'elle soit extrême immobilité extérieure et extrême mouvement intérieur, alors oui, je prie, à genoux dans la foule, devant la tombe grise de l'inconnu, et j'emplis cette tombe sans nom avec mes morts à moi, avec ceux qui ont disparu dans la terre ou ailleurs. De toutes mes forces, j'essaie de les arracher au néant un instant. J'y couche Sanderling, le grand aïeul, et son fils indigne, mon grand-père, et même son fils à lui, mon père, pourtant bien vivant mais debout devant ce gouffre depuis tant d'années. Derrière mes paupières closes, ces ancêtres ne restent pas seuls longtemps, d'autres les rejoignent dont je ne parviens pas à distinguer les visages, des silhouettes floues et claires, de plus en plus nombreuses, mais la tombe est vaste, elle s'élargit à vue d'œil jusqu'à atteindre des dimensions que ni le regard ni la pensée ne peuvent plus embrasser. Jusqu'à ce qu'elle les enferme tous, les millions et les millions de morts. Mes aïeux.

Une cuisse frôle mon épaule, l'orgue gronde et appelle au départ ; je me dépêche de me redresser. Engourdie, comme arrachée à un sommeil profond, je vois la procession des prêtres et des enfants de chœur passer entre les bancs, enveloppée dans des nuages d'encens, et glisser vers la sortie, et maintenant, alors que je reviens lentement du monde des images à celui des pensées, ma prière englobant tous les morts m'effraie, je suis tentée de revenir dessus, j'en ai honte, je suis désarçonnée. Car j'entends des voix qui me remettent à ma place, qui est près de mes ancêtres. Ces voix disent : Nos morts ne t'appartiennent pas ; elles disent : *Tes* aïeux ! Quelle usurpation ! Ce sont les voix de ceux qui ont beaucoup de morts et qui n'ont pas de tombe. Je n'ai rien à leur répondre. Ou bien si ?

Les vivants sont-ils donc à tout jamais un miroir des morts ? Se séparent-ils, comme leurs ancêtres, en deux moitiés : ceux qui ont manigancé et commis le crime, ou qui l'ont laissé faire, et les autres, qui l'ont subi ? Est-ce mon héritage, ma malédiction éternelle ?

La procession m'emporte dehors, dans les chemins du cimetière où les gens n'ont pas l'air d'avoir bougé, ils sont toujours debout devant leurs tombes et ils y restent pendant que la procession parcourt les allées, ils se tournent seulement légèrement d'un côté ou de l'autre afin de ne pas présenter le dos à la grande croix en bois que l'on porte à travers le cimetière. Dans la lumière du crépuscule, au-dessus du scintillement de plus en plus vif des bougies, le ciel nuageux a pris une teinte bleue.

Mais la journée n'est pas encore terminée, les morts réclament encore de l'attention et de l'amour, ils veulent qu'on leur tienne compagnie jusqu'au fond de la nuit, et les vivants ne sont pas encore fatigués de leur commerce. Et, bien que je sois épuisée et gelée, je me sens attirée de nouveau vers le cimetière à l'autre bout de la ville, dans la forêt.

Je connais maintenant le chemin, les trams qui mènent d'un cimetière, ou *cmentarz*, à l'autre.

Lorsque j'arrive à Miłostowo, il fait nuit noire mais au-dessus de la forêt plane une lueur rougeâtre qui est visible de loin. Avec la nuit, le silence est tombé sur les nombreux visiteurs qui s'y promènent encore à cette heure. Une nouvelle fois je franchis la frontière du passage souterrain, avec d'autres ombres je plonge dans la forêt des morts et j'avance jusqu'à la première clairière. Et ce que je vois maintenant me coupe le souffle, et presque aussi la vue ; muette, je marche et je m'étonne de traverser un ciel étoilé : *champ stellaire* est l'expression qui me vient à l'esprit. Il n'y a pas d'autre éclairage que les innombrables lampes à huile et bougies dont sont constellées les tombes, et qui vacillent dans les profondeurs de la nuit sylvestre, comme un calme et durable feu d'artifice que les vivants auraient allumé pour les défunts.

Parmi les personnes qui marchent à travers ces champs de lumières en discutant, pas une qui ne parle d'une voix assourdie, audible seulement à ceux qui l'accompagnent, même les enfants dont certains portent des bâtons lumineux qui sifflent doucement chaque fois qu'ils en balaient l'air. Tout est si calme qu'un promeneur pourrait avoir l'impression qu'une inversion s'est produite depuis le matin, ou bien qu'on pourrait tout voir autrement, à savoir, dans ceux qui errent en silence, les morts ou leurs fantômes, éveillés à une brève vie par la cloche qui sonne minuit, et, dans les lumières vives et vacillantes, les vivants.

Je replonge dans la forêt et, conduite par des voix lointaines, fantomatiques, je marche à travers l'obscurité la plus dense, jusqu'à ce qu'une nouvelle clairière s'ouvre puis que la forêt de nouveau m'engloutisse, pénétrant de plus en plus profondément dans la forêt mortuaire des vivants, trouée d'îlots de lumière, et, en franchissant les écluses lumineuses les unes après les autres, je m'approche de l'espoir qu'il puisse y avoir un lieu, quelque part dans cette grande forêt d'ombre et de lumière, où tous les morts, sans partage, seraient les miens, les nôtres.

RÉALISATION : IGS-CP À L'ISLE-D'ESPAGNAC
IMPRESSION : CPI FIRMIN-DIDOT À MESNIL-SUR-L'ESTRÉE
DÉPÔT LÉGAL : MARS 2015. N° 121878 ( 127103)
IMPRIMÉ EN FRANCE